U0723689

这一世，
若不珍惜，
谁能许你未来

杨杨/主编

中国出版集团

现代出版社

人一生的成就，有些靠天分，有些靠运气，有些靠努力，
而人所能掌握的，仅仅只是自己的那一分深情与用心。
但是，这一分深情与用心才是作为人生最重要的价值。

别为了那些不属于你的观众，去演绎自己不擅长的人生。

这世界可能会有很多人和事会让你失望，
而最不应该的，
就是对自己感到失望。

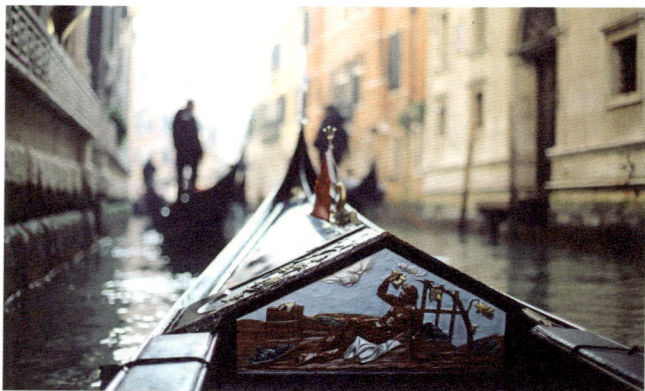

无论你犯了多少错，
或者你进步得有多慢，
你都走在了那些不曾尝试的人前面。

目 录
CONTENTS

写 给
奋 斗

写给
心态

写　给
修　养

写给
成长

写 给
生 存

写 给
挫 折

写给
幸福

孩子，我希望，你自始至终都是一个理想主义者。

你可以是农民，可以是工程师，可以是演员，可以是流浪汉，但你必须是个理想主义者。

童年，我们讲英雄故事给你听，并不是一定要你成为英雄，而是希望你具有纯正的品格；少年，我们让你接触诗歌、绘画、音乐，是为让你的心灵填满高尚情趣。这些高尚情趣会支撑你一生，使你在严酷的冬天也不会忘记玫瑰的芳香。

理想会使人出众。

孩子，不要为自己的外形担忧。理想将纯洁你的气质，而最美貌的女人也会因为庸俗而令人生厌。通向理想的途径往往不尽如人意，而你亦会为此受尽磨难。

但是，孩子，你尽管去争取，理想主义者的结局悲壮而绝不可怜。在貌似坎坷的人生里，你会结识许多智者和君子，你会见到许多旁人无法遇到的风景和奇迹。选择平庸虽然稳妥，但绝无色彩。

不要为蝇头小利放弃自己的理想，不要为某种潮流而改换自己的信念。

物质世界的外表太过复杂，你要懂得如何拒绝虚荣的诱惑。理想不是实惠的东西，它往往不能带给你尘世的享受。因此，你必须习惯无人欣赏，学会精神享受，学会与他人不同。

我希望，你是一个踏实的人。

人生太短，而虚的东西又太多，你很容易眼花缭乱，最终一事无成。

如果你是个美貌的女孩儿，年轻的时候会有许多男性宠你，你得到的东西太过容易，这会使你流于浅薄和虚浮；如

果你是个极聪明的男孩儿，又会以为自己能够成就许多大事
而流于轻佻。

　　记住，每个人的能力有限，我们活在世上能做好一件事
足矣。写好一本书，做好一个主妇。不要轻视平凡的人，不
要投机取巧，不要攻击自己做不到的事。你长大后会知道，
做好一件事太难，但绝不要放弃。

　　我希望，你要懂得和珍惜感情。

　　不管男人女人，不管墙内墙外，相交一场实在不易。交
友会有误会和摩擦，但想一想，世界之大，有缘结伴而行的
能有几人？你要明白，朋友终会离去，生活中能有人伴在身
边，听你倾谈，倾谈给你听，就应该感激。

　　要爱自己和爱他人，还要懂自己和懂他人。你的心要如
溪水般柔软，你的眼波要像春天般明媚。你要会流泪，会孤
身一人坐在黑暗中听伤感的音乐。你要懂得欣赏悲剧，悲剧
能够丰富你的心灵。

我希望，你不要媚俗。

你是个独立的人，无人能抹杀你的独立性，除非你向世俗妥协。学会欣赏真，在面具下看到真。世上圆滑标准的人很多，但出类拔萃的人极少，而往往出类拔萃又隐藏在卑琐狂荡之下。

在形式上我们无法与既定的世俗争斗，而在内心我们都是自己的国王。如果你的脸上出现谄媚的笑容，我将会羞愧地掩面而去。

世俗的许多东西虽耀眼却无价值，不要把自己置于大众的天平上，不然，你会因此无所适从，人云亦云。

在具体的做人上，我希望你不要打断别人的谈话，不要娇气十足。你每天至少要拿出两小时来读书，要回信给你的朋友。不要老是想着别人应该为你做些什么，而要想着怎么去帮助他人。

借他人的东西要还，不要随便接受别人的恩惠。要记住，别人的东西，再好也是别人的；自己的东西，再差也是自己的。

孩子，还有一件事，虽然做起来很难，但相当重要，这就是要有勇气正视自己的缺点。

你会一年年地长大，会渐渐遇到比你强、比你优秀的人，会发现自己身上有许多你所厌恶的缺点。这会使你沮丧和自卑。但你一定要正视它，不要躲避，要一点点地加以改正。

你要知道，战胜自己比征服他人还要艰巨和有意义。不管世界潮流如何变化，人的优秀品质却是永恒：正直、勇敢、独立。

我希望，你是一个优秀的人。

余光中

Struggle
写给奋斗

你有什么理由不奋斗？你如何选择，命运就如何发生。想要知道费了多少心，只需看看树上挂了多少果实。人生，幸运的前提，是你足够努力。

对未来的真正慷慨，是把一切献给现在

孩子，每一个你所浪费的今天，

都是昨天死去的人曾经奢望过的明天；

每一个你所厌烦的现在，

都是未来的你想回也回不去的曾经。

女儿，爱做梦、爱幻想的日子应该在你的学生时代就结束了。从现在开始，你要做的是认真工作。累也好，苦也罢，如果你现在对自己各种放纵，你指望以后用什么条件和资本来放松？

人生中，有太多太多的东西，经不起等待。

贫穷不能等，因为时间久了，你将习惯于贫穷，忘记梦想，庸庸碌碌地过一辈子；

梦想不能等，因为努力晚了，心老了就无能为力；

学习不能等，因为懂得少了，就没本事梦想成真；

孝敬不能等，树欲静而风不止，子欲养而亲不待；

健康不能等，因为身体垮了，人生的一切就都没了。

二十几岁，是你这辈子最有价值的年龄。女人都不是景泰蓝，不会一直随着年龄的增长而愈加有光彩、有"市场"。所以，那些该做的事，要义无反顾地去做；而那些该结束的惰性，就干净利落地结束吧。

孩子，你要更加努力，你想要的，只能你自己给。别人给的，你问问自己，拿得起吗?

对未来的真正慷慨，是把一切献给现在。

你现在若不努力，还能指望什么? 再苦再累，撑不住的时候发发牢骚是可以的。但是，别人的安慰终究只能是安慰，如果谁打算依赖着别人的安慰活着，那么，他的人生就毁了。

你要记住，走好自己的路，不是每次跌倒都有爬起来的机会。要知道，每一个你所浪费的今天，都是昨天死去的人曾经奢望过的明天。每一个你所厌烦的现在，都是未来的你想回也回不去的曾经（佚名）

你若不努力，谁能许你未来

孩子，你有权选择你的人生，
只是，不管结果怎样，你都需要自己承担。
少做无意义的提问、假设和幻想，
即便想得再好，你不行动，一切都是枉然。

孩子，你若在该努力的时候不努力，谁能许你未来？

没有人相信你的时候，你可以让自己相信自己，相信这件事在你的能力范围内能够做好。没有人在你身边的时候，你可以一个人思考，一个人逛街，一个人吃爱吃的美食。没有人支持你的时候，你可以给自己一点鼓励，让自己坚持下去。

一个人要想过上自己喜欢的生活，他就一定要让自己觉得自己很稳健，很可靠，很安全，不畏惧。而这一切，需要你在年轻的时候就开始积累。

有这样一群人，每天都在心里做着许多的梦，梦想有车、有房、有钱、有钻戒。但是，他们忘了脚踏实地地去改变自己。久而久之，幻想成了他们最大的安慰，一年、两年、到最后，始终回归原地，就只剩下那已然消逝无踪的青春。

人的青春，需要去适应你所有不曾适应的东西。到了一定的年龄，有些不懂的事，自然而然地就懂了；有些不愿接受的事实，也慢慢地开始接受了。

最终，一路走来，很多人终于发现，人生的成长，其实有时候，就是在于要去适应那些你原本不适应的东西，并且尽量做到喜欢上它。

长大后，你适应了学校的生活节奏、生活方式，然后，你又得奔往另一个成人空间——社会。当你幻想进入这个空间时，你觉得总算可以自由了。

但是，当你一开始拿着不算高的工资过着平凡的日子，你发现，原来这一切并不是你曾经幻想的那样。你开始觉得，原来家里总比学校美好，学校总比社会美好，童年总比成年美好。然而为什么，在当初经历时，总觉得它是那样的不近人情？其实，早点去适应那些你不适应的东西，总会是好的。

在这个世界上，就算你生下来就是王子、公主又如何？在他们的心里，未必不曾羡慕平凡人的生活。说到底，这些附属在人身上的一切都是有代价的。而有一天，你会发现，不知道从什么时候开始，自己不再对那些身外之物愤愤不平，不再喜欢出入 KTV，不再喜欢泡吧，你自然而然地就变得越来越成熟。

一个人的青春，走过了，路过了，不必太感伤，因为它终究是用来怀念的。记住，既然是你的选择，就别去抱怨，抱怨给不了你任何东西。

你有权选择你的人生，只是，不管结果怎样，你都需要自己承担，少做无意义的提问、假设和幻想，即便想得再好，你不行动，一切都是枉然。

孩子，人的青春，绝对不该是过把瘾就算了，要过得值得。（熟者）

人生没那么多以后可等

孩子，时间是不会等人的，你还想让它灰溜溜地走吗？

二十岁之前，再不疯狂你就老了；

二十岁之后，再不努力，可能你的人生就废了。

　　人总是会这样，遇到很多事情，然后告诉自己，不急不急，等以后吧。可是，等到真想要去做了，结果常常是物是人非。

　　很多人有很多想法，就是迟迟不肯跨出那一步，就想等着以后，时候到了，自然会跨出那步了。可是，你却没想过，岁月不会等你，这一刻你下不下狠心做，可能下一刻，结果就变了，你再去哭天喊地地后悔，已经来不及了。

　　人，有时候还是要对自己狠一点，要做什么就去做，不要什么都推给以后。那样你才能走出来，去过你想要的生活。

　　人生的很多事情都要你去经历，磕磕碰碰之中，可能你会遍体鳞伤，甚至留下了难看的伤疤。但是，你一定要坚信一个观念，没事，你还年轻，大不了从头再来。

　　所以，不要找任何的借口来说你现在有什么什么事，你要知道孰轻孰重，清楚你想要的是什么，不要拿任何理由来说那件事等以后再做，人生其实没那么多以后可等。

　　等来等去，到最后的某一天，你会想，如果能回到以前，你肯定给那时候的自己一巴掌，告诉他就是因为这样，多少想法就这样白白溜走了。

　　不要怕别人的闲言碎语，可能你坚持着你想做的事情，别人在暗地里说你什么，但是要记住，你所有的不足，在你成功之后，都会被别人说成是特色。

　　这一刻，你觉得憋了很久的压力需要发泄，那就找个合理的途径去发泄；这一刻，你觉得遇到了对的人，那就勇敢地告诉她，别想太多；这一刻，你觉得很多想法该写下来，就写下来，不要再用别的事推掉；这一刻，你觉得这件事要做，就直接做了，别说等一下，等以后。

　　时间是不会等人的，你还想让它灰溜溜地走吗？

　　二十岁之前，再不疯狂你就老了；二十岁之后，再不努力，可能你的人生就废了。你想要做什么，趁着年轻这股劲，奔着你想要的生活往前走，别再等以后了。

　　时间永远不能够倒退，如果可以，一切也将不再珍贵。（刘艺侨）

幸运的前提，是你足够努力

孩子，你如何选择，命运就如何发生。

想要知道费了多少心，只需看看树上挂了多少果实。

人生，幸运的前提是你足够努力。

生活中常常上演悲欢离合，我们不能控制自己的遭遇，但可以控制自己的心态。心态控制了一个人的行动和思想，也决定了一个人的视野、事业和成就。

很多时候，你既然改变不了大的环境，那么，就去努力适应这个大环境，这才是生存之道。

生活并不曾带走什么，人生的成长也是伴随着或深或浅的伤口。痛，并不可怕，你敢于面对，它就是一剂良药。最怕的是你终于熬不过痛苦，崩溃在胜利的边缘。最美的笑容，从来绽放在痛苦的尽头。

　　人生就是一个不停放弃的过程。当旧的离开，总有新的走来；当新的故事开始，旧的故事总会结束。

　　命运，不是什么神秘的力量，而是自我的花开出的果。你如何选择，命运就如何发生。想要知道费了多少心，只需看看树上挂了多少果实。人生，幸运的前提是你足够努力。

　　这世上，最无情的不是人，是时间；最珍贵的不是金钱，是情感；最可怕的不是灾难，是灾后无援；最拿手的不是救助，是旁观；最宽广的不是大海，是心胸；最美好的不是未来，而是今天。

　　时间，是距离，也是宽恕，让一些东西更清晰，让一些感情更明白，让一切都趋于平静。去做一个简单的人，踏实而务实，不沉溺幻想，不庸人自扰。最好的旅行，就是你在一个陌生的地方，发现一种久违的感动。

　　有的路，是脚去走；有的路，要心去走。绊住脚的，往往不是荆棘和石头，而是心。

　　所以，看起来是路铺展在我们眼前，实际上，是心扑腾在路上。失去一段感情，你感觉心痛，当你心痛过后，才会发现，你失去的只是你心中的依赖，当你学会孤独地坚强，一切又会再次美好起来。

　　世上最美的，莫过于从泪水中挣脱出来的那个微笑。

　　珍惜自己可以经历的一切，人生就那么几十年，走好自己的路，就要有自己的思考，有坚定的意志，坚持自己的信念，坚持自己的追求，不能放松对自己的要求，更不能糊里糊涂地度过自己的人生。

　　人生不能虚度，自己要对得起自己。（佚名）

不轻言放弃

孩子，每个人在成功之前，
内心往往都会经历一段不安和焦虑的时期，
如果能秉持着绝不轻言放弃的信念，
往往在最后的关头，就会有意想不到的圆满结局。

很多事情在最后会不会成功，其成败往往在于最后的读秒阶段，甚至是最后一秒才能决定成败。坚持到底的人，总是比别人多一些成功的机会。"行百里，半九十"就是这个道理。

做一项事业就好比是在掘井，不管这口井你掘得多么深，如果还没达到水脉就停止，这口井就只能是废井。

忍受重重辛苦所从事的工作，如果没有看见成果就放弃了，那么，以前所做的努力就等于全部付诸东流了。

没有水的井，不过是一个洞穴罢了，除了给人带来不便外，恐怕也没有什么用处。

凡事若能秉持绝不轻言放弃的信念，往往在最后的关头，就会有意想不到的圆满结局。

这个世界之所以非常迷人，就在于充满了很多的未知和冒险，这个世界之所以非常可爱，也在于你可以创造自己的未来。不管你是选择命定或抗争，是选择征服还是放弃，甚至你也可以选择冲出目前这个局限你的樊篱，无可否认的，这些都将是你生命中极大的考验，也将让你感受到自己的价值。

伟大的理想，正如一项伟大的工程。在创造这类伟大时，有的人只要多一点坚持、忍耐，他们就可能跨完最后一级崎岖山坡，登上巅峰。但也偏偏就差了这一点点，在真正应该伟大时，他们渺小了，归于平庸了。

每个人在成功之前，内心往往都会经历一段不安和焦虑的时期，有时候就差那么一点点就可以成功，有人却选择了放弃。人若有多一些的坚持，并确信自己的能力，一定可以达到自己想要的境界，等到成功的到来。（佚名）

学生时代是你积累自信的黄金时代

孩子，学生时代是能够让你积累自信的黄金时代，

我希望你不要虚度，积淀起足够的自信，

那是可以用一辈子的。

　　学习是在你们这个年龄必须做的事，每个人都如此，无人可以幸免。不要觉得学习很无聊，因为长大后你会发现，你天天做的工作也很无聊。

　　所以，你有足够的理由佩服每天早起的人，不信的话，你就去做，真的做到以后，你会发现有很多人在佩服你。

　　不论是谁，如果在应该刻苦学习的时侯，把容貌当作重要的东西而过分重视的话，可能当时不会吃亏，但是早晚会吃亏。

别怕丢人，起码，那是一种成功的尝试。所以，不要笑话那些上台丢人的人。

很多事情别人告诉你了，要说谢谢，没有告诉你，不要责怪，因为那些事情你其实本就应该自己弄清楚。

别过早就为你和别人下定论，这非常重要。你并不是他，你所看到、听到的可能只是一面。另外，"包在我身上"之类话不要乱说，特别是在没确定自己有能力办到之前。

很多事情当你在若干年以后再回忆起来的时候，就会发现其实没什么。所以，不管你当时多么生气、愤怒或是有别的情绪，都告诉自己不必这样。

尊严是一个人最该重视的东西，除了你，没人会为你争取和保留它。但是，社会是一个最喜欢打碎人的尊严的地方，而人的一生，也需要有足够的自信和勇气，去承受失败和打击。

因此，学生时代是能够让你积累自信的黄金时代，我希望你不要虚度，积淀起足够的自信，那是可以用一辈子的。

（佚名）

要始终相信努力奋斗的意义

孩子，没有一件事情可以一下子把你打垮，

也不会有一件事情可以让你一步登天，

慢慢走，慢慢看，生命是一个慢慢累积的过程。

　　孩子，这世间有很多人，为什么明知道梦想很难实现，
却还是要去追逐。因为那是他们的渴望，因为他们不甘心，
因为他们想要自己的生活能够多姿多彩，因为他们想要给自
己一个交代，因为他们想要在自己老去之后可以对孙辈说，
你爷爷我曾经为了梦想义无反顾地努力过。

　　的确，也许奋斗了一辈子的屌丝也还只是个屌丝，也许
咸鱼翻身了也还不过是一条翻了面的咸鱼，但至少他们有做
梦的自尊，而不是丢下一句努力无用，然后心安理得地生活
下去。

你不应该担心你的生活即将结束，而应担心你的生活从未开始。

有些人，早就意识到那些梦想很有可能不会实现，可还是决定去追逐。失败没有什么可怕，可怕的是从来没有努力过，还怡然自得地安慰自己，连一点点的懊悔都被麻木所掩盖。也曾有人说过，有些梦想，纵使永远也没办法实现，纵使光是说出来都很奢侈，但如果没有说出来温暖自己一下，就无法获得前进的动力。

不能怕，没什么比自己背叛自己更可怕。

人为什么要背负感情？是因为人们只有在面对这些痛楚之后，才能变得强大，才能在面对那些无能为力的自然规律的时候，更好地安慰他人。

人为什么要背负梦想？是因为梦想这东西，即使你脆弱得随时会倒下，也没有人能夺走它。即使你真的是一条咸鱼，也没人能夺走你做梦的自由。

所有的辉煌和伟大，一定伴随着挫折和跌倒，所有的辉煌背后都是一座座由苦痛构成的高墙。谁没有一个不安稳的青春？没有一件事情可以一下子把你打垮，也不会有一件事情可以让你一步登天，慢慢走，慢慢看，生命是一个慢慢累积的过程。

　　活得充实比获得成功更重要，而这正是努力的意义。

　　你是一个什么样的人，就会听到什么样的歌，看到什么样的文章，写出什么样的字，遇到什么样的人。你能听到治愈的歌，看到温暖的文章，写着倔强的文字，遇到正好的人，你会相信温暖、信念、坚持这些看起来老掉牙的字眼，是因为你就是这样的人。

　　同样，你相信梦想，梦想自然会相信你。

　　然而，感情和梦想都是冷暖自知的事儿，你想要跟别人描述吧，还真不一定能描述得好，说不定你的一番苦闷在别人眼里显得莫明其妙。喜欢人家的是你又不是别人，别人再怎么出谋划策，最后决策的还是你；你的梦想是你自己的又不是别人的，可能在你眼里看来意义重大，在别人眼里却无聊得根本不值一提。

　　在很大的一部分时间里，你能依靠的只有你自己。所以，管他呢，不要管别人怎么看，做自己想做的，努力到坚持不下去为止。

　　也许你想要的未来在他们眼里不值一提，也许你一直在跌倒然后告诉自己要爬起来，也许你已经很努力了可还是有人不满意，也许你的理想离你的距离从来没有拉近过，但请你继续向前走，因为别人看不到你背后的努力和付出，你却始终看得见自己。（佚名）

不怕万人阻挡，只怕自己投降

孩子，成功者，并非都是出类拔萃，

也许，他们只是更加愿意相信，

只要忍受了、挺住了，成功是迟早的事儿。

　　人最大的悲哀，是迷茫地走在路上，看不到前面的希望；最坏的习惯，是苟安于当下的生活，不知道明天的方向。你无法浪费时间，你浪费的只是你自己。

　　人的失败，有时和素质无关，而是在困境中缺少韧性，缺少坚持成了最大的短板。但凡成功者，并非都是出类拔萃，也许，他们只是更加愿意相信，只要忍受了、挺住了，成功是迟早的事儿。

　　很多时候，不怕万人阻挡，只怕自己投降。

生命就像列车，朋友就像车上的旅客，不是所有人都能陪你到终点。有的人到站下车，请用记忆收藏他；有的人不辞而别，请把祝福送给他；有的人见利忘义，请把微笑送给他；有的人兵戎相见，好吧！潇洒地告诉自己：人生也不差多你一个对手。

但是，你务必要记得，当你的自我感觉越是良好的时候，就越用不着把别人打倒在地上才觉得自己伟大。

很多时候，人是活给别人看的，也在盯着别人是怎么活的。于是，我们给自己戴上了面具，哪怕心里很苦很累，面具上镶嵌的依旧是永恒的笑容。于是，当你看到别人脸上的笑意，总是怀疑他们也戴上了面具。

其实，幸福是自己的，永远不要拿别人来做参照，别人做不了你，他怎么知道你走过的路，你心中的乐与苦？

无论你走过多少风和雨，有过多少笑和泪，经过多少是与非，尝过多少甜与苦，都不能忘记一点：生命的意义，就在于你能坚持相信生活的美好，或者是正在走向美好。

就算太阳会落山，那也不是结束，只是为了迎接下一个光明的到来。它，没有苦恼，没有悲哀，只为下一次向温暖的人间致意、问好。

不要为别人委屈自己，改变自己。你是唯一的你，珍贵的你，骄傲的你，美丽的你——一定要好好爱自己！

过去的已经定格，就让它尘封吧，努力书写今天，不要把生活当成一场厌倦。（佚名）

失败的背面就是成功

孩子，并不是所有的失败都是灾难。

正视失败，才说明你的内心足够强大。

　　心理学上有一个著名的实验：人在小小的绣花针上穿线，这时，你越是全神贯注，你的手就抖得越厉害，线就越不容易穿入。在医学界，这种现象被称作"目的颤抖"，即目的性越强，越不容易成功。

　　孩子，每个人对于生活中所做的很多事，都不能保证百分之百的成功，这是十分正常的事情。既然如此，为什么不给自己一个可能失败的心理准备呢？为什么不能用正常的心态正视失败呢？

　　要知道，失败是痛苦的，但失败并不可怕，也并不是所有的失败都是灾难。正视失败，才说明你的内心足够强大。失败了，关键是要找到失败的原因。失败后的思考比成功后的欢乐更有价值。

　　也许你的努力还不够，也许是客观条件不允许，也许有意外的因素在作祟。然后，就像为自己的人生这场考试交了一次学费一样，不妨用明智的眼光去审视自己的失败。

　　如果是因骄狂而失败，就要学会谦逊内敛；如果是因轻敌而失败，就要学会审慎行事；

　　如果是因自不量力而失败，就要学会尊重客观实际；

　　如果是因能力不够而失败，就要告诫自己加倍努力。

　　总之，只要失败不失志，把失败当作成功的种子，坚持不懈地耕耘，总有一天，这粒种子会长成参天大树。

　　每个人在人生的道路上都会遇到挫折和失败，弱者在挫折和失败面前叹息、绝望、不能自拔，强者则会越挫越勇。一个人要有所成就，就必须接受失败，忍受失败的折磨，在失败中磨砺自己、丰富自己、完善自己，使自己更加有力量，使自己的内心更加强大。

　　如果做到了这一切，失败的背面就是成功。（郭亿）

生活不是用来妥协与将就的

孩子，无论这个世界多么糟糕，你的世界一定要精彩；

无论人心多么黑暗，你的内心一定要明亮、阳光。

无论何时，不要用糟糕去对付糟糕，不要用黑暗去对付黑暗。

在有些事情上，无须把自己摆得太低，属于自己的，都要积极地争取，机会不是等来的，而是争取来的。就像吃饭，如果光等着吃别人送到你碗里的菜，你可能就吃不到自己想吃的菜。

在有些人面前，不必一而再、再而三地容忍，不能让别人践踏你的底线。只有挺直了腰板，世界给你的回馈才会更多一点。

记住，生活不是用来妥协的，你退缩得越多，能让你喘

息的空间就越有限；日子不是用来将就的，你表现得越卑微，
一些幸福的东西就会离你越远。

　　人这一辈子，年轻时所受的苦不是苦，都不过是一块跳
板。人在跳板上，最难的不是跳起来的那一刻，而是跳下来
之前，心里的挣扎、犹豫、无助和患得患失。你以为你跳不
过去了，闭上眼睛，鼓起勇气，却也就跳过了。

　　没输过的人，最后常常会输得一塌糊涂；没摔过跤的人，
跌倒了往往爬不起来；没经历拼搏的人，属于你的东西多数
不会长久。

　　无论这个世界多么糟糕，你的世界一定要精彩；无论人
心多么黑暗，你的内心一定要明亮、阳光。无论何时，不要
用糟糕去对付糟糕，不要用黑暗去对付黑暗。（佚名）

Mentality
写给心态

极为理想、极为纯情、极为美好的生活，根本就是
不存在的。你不必刻意去提纯，试着去接受、容纳
一些杂质，把你的期望值降低到一个适当的坐标。

人生不必绝对提纯

孩子，在生活中，在人生里，

极为理想、极为纯情、极为美好的生活，根本就是不存在的。

你不必刻意去提纯，试着去接受、容纳一些杂质，

把你的期望值降低到一个适当的坐标。

　　人生，要绝对提纯是不可能的，试着容纳一些杂质，人生反而更真实、更美好。

　　世界之所以丰富多彩，是因为它并不是由单一的物质组成的。纯净的湖水养不了鲜活的鱼；腐臭的肥料营养着美丽的花；吃五谷杂粮才能让人健康；接受单一的文化，造就不了丰富多彩的精神世界，甚至可能让人成为极端的怪物。

　　吃了黄连，才知道甘蔗更甜；受了风霜，才觉得阳光更暖；经历了贫寒，才感到生活更美好；遭遇了挫折，才感到

人生更充实。

灾难是平安的杂质，可你哪能找到一生的平安呢？痛苦是快乐的杂质，可你怎能找到永远的快乐呢？背叛是忠诚的杂质，可你怎能得到生死不离的胸怀呢？冷淡是热情的杂质，可你哪能左右炎凉变换的季节呢？

不要用至亲至爱、至纯至洁、至甜至美，来要求亲人、朋友、伴侣，人和人之间难免会萌生世俗尘埃、难免有功利色彩，难免会有磕磕碰碰，酸甜苦辣才能组合人生百味。

正是这些形形色色的"杂质"，才构成五彩缤纷的世界，才组成多姿多彩的生活。如果你非要将友情提纯至崇高，如果你非要将亲情提纯至真爱，如果你非要将爱情提纯至完美，那么，你苦心所求的结果，就和科学家要将某种元素提纯至百分之百一样，即使耗尽了全部心血，投入了毕生精力，最终也只是一个无法达到目的的结果，反而把自己推上了人生苦旅。

平静的湖水，投入一颗石子，便有了生动的涟漪；蔚蓝的天空，飞行一行大雁，便有了深邃的意境；沉闷的生活，因为一段插曲，才会有了情趣；平淡的人生，因为一点波折，才会有了活力。

恋爱时加一些嗔怨，爱情反而更加亲密；交友时生点误会，友谊反而更显可贵；在人生中，有一点点苦，有一点点甜，有一点点好，也有一点点坏，有一点点希望，也有一点点无奈，生活会更生动、更美满、更韵味悠长。

如果至真至纯的友谊你苦寻不到，那么，试着容纳一些杂质，你会发现，原来无处可觅的友谊，如今已在你手中；如果十全十美的爱情，你苦寻不到，那么，试着容纳一些杂质，你会发现，原来无枝可栖的感情，如今已是芬芳满园。

在生活中，在人生里，极为理想、极为纯情、极为美好的生活，根本就是不存在的。你不必刻意去提纯，试着去接受、容纳一些杂质，把你的期望值降低到一个适当的坐标。

人生中，某些杂质原本就是组成美好的元素，不必太提纯。（慧心）

淡了，静了，生活才会听你的安排

孩子，别人想什么，我们控制不了；

别人做什么，我们也强求不了。

唯一可以做的，就是尽心尽力做好自己的事，

走自己的路，按自己的原则，好好生活。

　　生活给人出了三大修行课题：看得透想得开，拿得起放得下，立得正行得稳。

　　世界上唯一可以不劳而获的就是贫穷，唯一可以无中生有的是梦想。没有哪件事，是不动手就可以实现的。当你在想玩什么，有人在想学什么；当你在做计划，有人已出发；当你为上次失败沮丧，有人已开始下次尝试；当你决定放弃，有人却坚信前进就有希望。那些比你走得远的人，并不一定比你聪慧，只是每天多走了一点。坚持，是最强大的力量。

人生的奔跑，有时并不在于瞬间的爆发，而是取决于途中的坚持。很多时候，成功就是多坚持一分钟，只是我们不知道，这一分钟会在什么时候出现。所以，在一切尚未定论之前，不要自己停下脚步，或许就在你喘息、休憩、放弃之际，别人才有机可乘，跑到了你的前面。

世界虽然残酷，但只要你愿意走，总会有路；看不到美好，是因为你没有坚持走下去。人生贵在行动，迟疑不决时，不妨先迈出小小一步。

在人生的不同阶段，若是美好，叫作精彩；若是糟糕，叫作经历。生活本不苦，苦的是欲望过多。

优雅的人生，是用平静的心，平和的心态，平淡的活法，滋养出来的从容和恬淡。人可以跑在时间的前面，但不要跑在宁谧的心前面。环境可以乱，心不能乱；做事要赶，心不能急。

人生的风景，说到最后，是心灵的风景。

如果有人利用你的柔软攻击你，利用你的善良欺负你，利用你的宽容践踏你，不要忙着哭泣。你的柔软、善良、宽容是你值得拥有更好生活的资本，也是你立于这世界真实的支撑。

人活着不是为了证明苦难，而是亲历过黑暗才配拥有光明。不要为不值得的人浪费你宝贵的泪水，要为爱你的人保留你最好的微笑。

别人想什么，我们控制不了；别人做什么，我们也强求不了。唯一可以做的，就是尽心尽力做好自己的事，走自己的路，按自己的原则，好好生活。

人生充满变数，定力如何，直接影响到人生的走向。

所谓定力，就是对自己的控制力。定力好的人，谨言慎行，不随波逐流，不放纵欲望，有所为，有所不为。因而不被情绪左右，淡看名利得失，宁静做自我，从容过生活。淡了，静了，你的生活才会听你的安排。

生命很有限，无须太多人为你捧场。弥足珍贵的，是那些静默的陪伴，深谙你内心的，方是你的至爱。

不怕做一个寡言的人，但必须心有一片海。（佚名）

你是你人生的作者，何必把剧本写得苦不堪言

孩子，你要记住，生命的用途不是用理论来考量它的价值高低，

而在于不管发生什么状况，自己还有那种信心去跨越困难；

不是希望别人对你刮目相看，而是自己尊重自己正在走过的生活。

一个不会游泳的人，老换游泳池是不能解决问题的；一个不会做事的人，老换工作是提交不了自己的能力的；一个不懂经营爱情的人，老换恋人是解决不了问题的；一个不懂正确养生的人，老换营养品是换不来健康的。实际上，"你自己"才是你一切的根源。

你的世界，是由你创造出来的。你的一切，都是你创造出来的。你是阳光，你的世界充满阳光；你是爱，你就生活在爱的氛围里；你是快乐，你就生活在笑声里。同样的，你

每天抱怨、挑剔、指责、怨恨，你就生活在地狱里；一念到天堂，一念下地狱。你心在哪儿，成就就在哪儿。你，是你一切的根源。

你生气，是因为自己不够大度；你郁闷，是因为自己不够豁达；你焦虑，是因为自己不够从容；你悲伤，是因为自己不够坚强；你惆怅，是因为自己不够阳光；你嫉妒，是因为自己不够优秀。烦恼的根源都在自己这里，每一次烦恼的出现，都是给你寻找自己缺点的机会。你是你人生的作者，何必把剧本写得苦不堪言。

你要记住，生命的用途不是用理论来考量它的价值高低，而在于不管发生什么状况，自己还有那种信心去跨越困难；不是希望别人对你刮目相看，而是自己尊重自己正在走过的生活。

人生就像是一场旅行，遇到的既有感人的，也有伤心的；既有令人兴奋的，也有令人灰心的；既有美妙的风景，也会有称不上景、只有风的地方。

　　有些人，似云，只能远观；有些人，如茶，可以细品；有些人，像风，不必在意；有些人，是树，值得依靠。而人生就是要感受美丽的、善良的、丑恶的，始终调整好自己观赏风景的心态，才能做到人在旅途，感悟人生，享受人生。（佚名）

给心灵卸装

孩子，人生如戏，演戏的人，

上台之前常常需要浓妆艳抹，粉墨登场，

而演出后的第一件事就是及时卸装。

　　人在生活里行走，总是或主动或被动地需要给生命化装。财富、荣誉、架子、地位、身份、头衔等等，都可以成为涂抹生命的油彩。

　　某一天，当生命洗尽铅华，恢复真我，你是否还是敢于面对那个素面朝天的自我？在那个脱下时装、抛开化装的生命原体面前，我们是否依然自信，依然被爱，依然被尊重，依然以从容的频率呼吸呢？

　　世界是一个奇特的诺亚方舟，城市是负载这个方舟的戏台，川流不息的人群和车辆，灯红酒绿的应酬，笑脸相迎的恭维，锱铢必较的小气，钻营算计的世俗，都在这座戏台上粉墨登场。

唱戏，如芥末和胡椒一样，都是生活的调剂品，我们终归还是回到米饭和馒头。还是要卸下装来，然后，一头扎进台下实实在在的生活。

那些时常生活在掌声和名利之下的人，用荣誉与自尊心的一切油彩，把自己生命涂抹装饰得过于浓重，把假象想成自己的真面目。因此，一旦假象溃散，铅华洗尽时，面对它，连自己都觉得变得惨不忍睹了。

人生如戏，演戏的人，上台之前常需要浓妆艳抹，粉墨登场，而演出后的第一件事就是及时卸装，恢复本来面目。卸下那些虚伪的装扮，恢复到真实的生命面貌。

人生需要化装，然而，化装后美丽的自己，终究不是真实的自己，心灵也是一样，也需要适时卸装。（佚名）

何必为昨天的泪，打湿今天的阳光

孩子，睡一觉后，明晨醒来，

凡事已经成昨日往事，又何必要给那些红尘俗事困住身心？

明知太阳每天都是新的，何苦要为昨天的泪，去打湿今天的阳光？

　　人生的路上，一路走来，会遇上各种各样的人。芸芸众生，一人难合千人意。既然难合千人意，何苦要为难自己？做真实的自我，不必在意那些人云亦云的纷纷扰扰，做无愧于他人的自己就好，要始终信仰"清者自清，浊者自浊"。

　　这世界上没有任何一个人和你的关系，会比得过你与你自己的关系更密切。所以，你要清楚地知道，真正能读懂自己的，不是别人，而是自己心灵的声音。或许，你偶尔也无法清醒认知自己，但时间和冷静能拨开你的迷雾。

生活的路在延长，即便是父母，也不可能一直时时陪伴着你，要学会自己给自己鼓励，自己给自己疗伤，学会好好爱自己。找到懂你的人，帮你分担你的伤痛。

生活中不停流淌出来的旋律，是命运的起起落落，有着它唱不完的喜怒哀乐。如果想谱写出一首首优美动听的曲调，就要记住该记住的，学会放下该忘记的。你会发现，生活，原来可以因为一些不在意，而活出另外一番阳光明媚的样子。那些所谓的名和利，到头来，也只不过是过眼云烟。生活，平凡和平淡都是一种幸福，平淡中，更可以欣赏到简单的美好。

据说有这样一个生意人，当别人问他成功的秘诀时，他说："在我贫穷时，每当受人欺负或陷入困境，我就对自己说，我这么贫穷，没资格去生气和懒惰；在我富有时，遇上别人的攻击或排斥时，我又对自己说，我已经是这么富有了，不值得自己去和一般人计较。"是的，当生活贫穷时，我们没有条件去在意什么；当生活富有了，我们更不必去在意什么。

人不是物品，不需要何时何地都得陈列在他人面前，供他人一览无遗。

留一点空间给自己，快乐或忧伤时，把自己的心安置在自己的这一片纯净的空间中，让时间和智慧继续绽放快乐或慰藉心伤。很多时候，能捂温自己心房的人，最终还是只有自己。想想看，睡一觉后，明晨醒来，凡事已经成昨日往事，又何必要给那些红尘俗事困住身心？明知太阳每天都是新的，何苦要为昨天的泪，去打湿今天的阳光？

人或许可以很平凡，但倘若真的能做到"不必在意"这四个字，平凡的人已经不再平凡了。

人既然走在路上，沿途总会有风雨不时来袭，而你就该用坦然的心态，去面对生命中每一个喜怒哀乐的日子。迎上风雨，勇敢面对，走过风雨后，美丽的彩虹就在前方的风景处等你。（佚名）

心若没有栖息的地方，去哪里都是在流浪

孩子，心若没有栖息的地方，去哪里都是在流浪。

真正能够点亮生命的，不是明天的景色，而是美好的希望。

如果生活是一杯水，那么，痛苦就是掉落杯中的灰尘。没有谁的生活会始终充满幸福和快乐，总有一些痛苦会折磨人的心灵。即使生活的水杯中落入了灰尘，我们也要努力让每一天都过得清澈。如果不去慢慢沉淀那些痛苦，而总是不断地去翻搅，痛苦就会始终充满我们的生活。

生活有时会逼迫你，不得不交出权力，不得不放走机遇，甚至不得不抛下爱情，你不可能什么都得到，生活中应该学会放弃，就像清理电脑中的文件一样。人生，就是一步一步

走，一点一点扔，走出来的是路，扔掉的是包袱。这样，路就会越走越长，心就会越走越静。

想想看，即便你摔碎了闹钟，也阻止不了天亮。人最悲哀的，并不是昨天失去得太多，而是沉浸于昨天的悲哀之中；人最愚蠢的，并不是没有发现眼前的陷阱，而是第二次又掉了进去。

有时候，你觉得生命里的每扇门都被关上了，那也要记住一句话：关上的门不一定上锁，至少再过去推一推。

所谓缘分，就是遇见了该遇见的人；所谓福分，就是能和有缘人共享人生的悲欢。

可能有一天，你会觉得，岁月像是一个手法高超的贼，总是不经意地偷去许多——美好的容颜，真实的情感，幸福的生活。实际上，毕竟谁都拥有过花好月圆的时光，那时候，就要做好迟早有一天被洗劫一空的准备。

可能有一天，你会突然明白，别人怎么看你，或者你自己如何看待别人，都不重要。重要的是你必须要用一种真实

的方式，度过在指缝之间不停流逝的时间，你要知道，自己
将会如何生活。

心若没有栖息的地方，去哪里都是在流浪。

真正能够点亮生命的，不是明天的景色，而是美好的希
望。

人，就该怀着美好的希望，勇敢地走着，跌倒了再爬起，
失败了就再努力，永远相信明天会更好，永远相信不管自己
再平凡，都会拥有属于自己的幸福。这才是平凡人生中最灿
烂的风景。（佚名）

计较是麻烦的开始

孩子，真正有生活智慧的人，

会有所不为，只计较对自己最重要的东西，

并且知道什么年龄该计较什么，不该计较什么。

　　如果你非常幸运地获得了一颗硕大而美丽的珍珠，然而
你并不感到满足，因为在那颗珍珠上面有一个小小的斑点。
你想将这个小小的斑点剔除，就下狠心，削去了珍珠的表层，
可是斑点还在。你削去了一层又一层，直到最后，那个斑点
没有了，而珍珠也不复存在了。

　　很多事都是如此，人常常会斤斤计较于事情的对错、道
理的多寡、感情的厚薄，其实，真正有生活智慧的人，会有
所不为，只计较对自己最重要的东西，并且知道什么年龄该
计较什么，不该计较什么，有取有舍，收放自如。

十几岁时，你常会和别的孩子比家庭出身，比零用钱，恨不得投生帝王之家，也是人之常情。到了二十岁时，就该不再计较自己的家庭出身，不再计较父母的职业，不该尚无自立之志，不该因出身贫贱而自卑，老觉得抬不起头来。否则，你会一辈子都没出息。

三十多岁时，你应该已经成家立业，为人夫为人父，有了多年家庭生活的经验。作为丈夫，你该不再计较妻子的容貌，深知贤惠比美貌更重要，会和你踏踏实实过日子的女人，比会打扮的女人更值得你好好善待。

四十多岁时，你该心态平和，不再计较别人的议论，任别人怎么说，你自己该怎么过，还是就怎么过。

五十岁时，到我这样的半百之年，你不该再计较的东西更多，看淡的事情也更广。昔日尔虞我诈，现在则淡然一笑，年轻时费尽心机格外计较的东西，如今看来已云淡风轻，无关紧要。

孩子，人生就是这样，无论走到生命的哪一个阶段，都会让你想明白一些。

很多事情，都是需要亲身体验才有切肤之感的。伤过才知疼痛的滋味，哭过才知无助的绝望，傻过才知付出的不易，错过才知拥有的可贵。

体验了失误才会更好地选择；体验了失败，才会更好地把握；体验了失去，才会更好地珍惜。只有体验过了，你才真正懂得，没有什么是不可以割舍，不可以放下的。

现在的你还太年轻，有些事情，能不计较就不要计较，少一点计较，就少一点麻烦。你要一步一步踏踏实实地往前走，哪一天，命运拐个弯，你看到的，就是那个你期待了很久的地方。（静一居）

人生如茶，静心以对

孩子，别把生活安排得太满，

也别把人生设计得太挤。

不管做什么，都要给自己留点空间，

好让自己可以从容转身。

人，若心不能静，便难成大器。人生如品茶，水是沸的，心是静的。

生活如水，人生似茶，再好的茶放到水中一泡，时间久了，也就淡了。也许是棱角平了，或许是成熟稳重了，脚步越来越踏实，日子越来越平淡。

其实，生活不可能像你想象得那么好，但也绝不会像你想象得那么糟。面对生活的种种磨难，人的脆弱和坚强都超乎自己的想象。人有悲欢离合，月有阴晴圆缺。生活只是在

那里，一如既往。一时的成败得失对于一生来说，不过是来
了一场小感冒。心若累了，就让它休息一下。

　　一个人，一辈子，一条路，一片天，随着年龄的增长，
观点、心态也就随之改变。心，是人生戏剧的导演；念，是
人生境遇的底片。

　　人生难免会和痛苦不期而遇，快乐的人不是没有痛苦，
而是不会被痛苦所左右。痛苦并不可怕，可怕的是内心背叛
自己，成为痛苦的帮凶。

　　人生的许多烦恼不是外界强加给你的，而是从你自己内
心产生的。不是别人在烦你，而是你自寻烦恼。如果不能打
破心的禁锢，即使给你整个天空，你也找不到自由的感觉。

　　痴与执、怨与恨，只会让心翻滚、让人不安。只有放下
它们，才能轻松自然。智慧愚痴一心之隔，天堂地狱一念之
间。不一样的环境，酝酿不一样的人生；不一样的风景，影
响不一样的心情；不一样的态度，就会有不一样的结局。

　　活着就是一种心态。当你心无旁骛，淡看人生苦痛，淡泊名利，心态积极而平衡，有所求而有所不求，有所为而有所不为，不去刻意掩饰自己，不去势利逢迎他人，只是做一个简单真实的自己时，就会无所谓得与失。

　　人生的快乐与悲苦，与得失纠缠，与是非相伴，与成败共生。快乐的真谛，多不在于得到的欣喜，而在于失去后的坦然。

　　再好的东西，你抓得太紧，终会累的。曾经的拥有，要记得感恩；错过的美丽，要懂得放手；精神的高压，要学会承受；直白的生活，要倾心去爱。当你领略了失去之善，避开了钟情之苦，快乐方至。

　　所以，别把生活安排得太满，也别把人生设计得太挤。不管做什么，都要给自己留点空间，好让自己可以从容转身。

　　人生路，不必处处精雕细琢，很多时候，看得太透反而不快乐。世间美好事物很多，不是每一样都要去拥有，如果你手中握住的已经是幸福，再大的诱惑来到时也应该好好想

一想，更不要心存侥幸。因为，许多东西一旦舍弃了，就再也找不回来了，就算找回来，也不再是从前的样子了。（佚名）

你只有变得更好了，才有资格影响别人

孩子，世上只有一件东西，
能始终经受住生活的冲击——一颗宁静的心。
我希望，你能不喧不吵，静静地守着岁月；
不怨不悔，淡淡地对待自己。

　　孩子，在我眼中，我所希望看到的你的成长，就是渐渐温柔、克制、朴素、不怨，安静中渐渐体会生命的盛大。你要知道，你只有自己变得更好了，才有资格影响别人。

　　使这个世界灿烂的不是阳光，而是你自己发自于心底的微笑。痛苦对每个人而言，都只是一个过客，一种磨炼，一番考验。而幸福，就像你身后的影子，你追不到，但是只要你往前走，它就会一直跟在你身后。

　　孩子，任何值得拥有的东西，一定是值得等待的。不要说机会从来没有出现，它出现过多次，有时候，只是你舍不得放下自己握着的东西，而没有空出手去抓住它。

　　人生的旅途，前方很远，有时还会很暗淡。然而，不要怕，不怕的人，面前才有路。很多事情，人们做不好，是因为舍不得自己吃苦，但是，别忘了，年轻是你最大的资本。

　　世上只有一件东西，能始终经受住生活的冲击——一颗宁静的心。有时候，眼睛看不到的心却看得到；有时候，你给别人最简单的建议，却是自己最难做到的。

　　我希望，你能不喧不吵，静静地守着岁月；不怨不悔，淡淡地对待自己。只有放下无谓的负担，人生才能一路自在。

　　人生是一场独自的修行，谋生亦谋爱。要判断一个人是否爱你，不是炫耀对方开始时能对你有多好，而是这个人愿意陪你走的路能有多长。

　　人生的旅途中，大家都在忙着认识各种人，以为这是在丰富生命。可最有价值的遇见，是在某一瞬间，重遇了自己，那一刻你才会懂：走遍世界，也不过是为了找到一条走回内心的路。

　　有的路，是脚去走，有的路，用心去走。走好已选择的路，才能拥有真正的自己，才能有资格，给你身边的人带去好的影响。（佚名）

谁的生命都有缺口

孩子，有一天你会发现，

你所拥有的，绝对比没有的要多出许多，

而缺失的那一部分，虽不可爱，却也是你生命的一部分。

接受它并善待它，你的人生就会快乐豁达许多。

　　在一个讲究包装的社会里，我们常禁不住羡慕别人光鲜华丽的外表，而对自己的欠缺耿耿于怀。

　　实际上，没有一个人的生命是完整无缺的，每一个人的生命多少都缺了一些什么东西，都被上苍划上了一道缺口，贴了一个标签，你不想要它，它却如影随形跟着你。

　　达官显贵的生活表面上看起来高贵亮丽，很令人羡慕，但深究其里，每个人内心大概都有一本难念的经。

　　如果你是一个蚌，你愿意受尽一生的痛苦而凝结出一粒珍珠，还是不要珍珠，宁愿舒舒服服地活着？

如果你是一只鸟，你发觉你已经被关进笼里，而你的前面有着现成的食物。这时，你究竟是想要安逸，还是想要自由呢？

人生不必也不可能太圆满，你也无法将你喜欢的全部东西都收归于你手里。有个缺口让福气流向别人是很美的一件事，那也是在提醒着我们要谦卑，要懂得怜恤他人，要尤其珍惜自己所拥有的一切。

所以，不必去羡慕别人如何如何，也用不着与别人去比较，反而，你只要更加好好珍惜上天给你的那份恩典就好了。

有一天你会发现，你所拥有的，绝对比没有的要多出许多，而缺失的那一部分，虽不可爱，却也是你生命的一部分。接受它并善待它，你的人生就会快乐豁达许多。（张忠谋）

不要盯着别人，经营好自己

孩子，与其有羡慕别人是"富二代"的时间，

不如自己想想怎么过好自己的日子；

与其觉得别人的成功是偶然的，不如试试是不是真的有偶然的成功；

与其压抑自己混日子，不如试试自己能不能过自己想要的生活。

孩子，你的眼睛不要总是盯着别人，要看看自己。别人有什么那都是别人的，只有你把你有的东西经营好了，那才是你自己的。

与其有羡慕别人是"富二代"的时间，不如自己想想怎么过好自己的日子；与其觉得别人的成功是偶然的，不如试试是不是真的有偶然的成功；与其压抑自己混日子，不如试试自己能不能过自己想要的生活。

如果攀比能带来奋进的动力，那固然很好，但大部分的时候，它带来的只是自信的透支、强烈的不平衡感，以及无

力的抱怨。如果一直为了你改变不了的不公平去抱怨、想不开，攀比那些超出能力范围的东西，那你跟人家差距只能越来越大，越来越让自己陷入困境，举步维艰。

一个成熟的人，要改变你所能改变的，接受你所不能改变的。学会区分这两者，是人一生都要学习的智慧。

每个人所处的环境、遇到的机会、拥有的能力都不尽相同，不可同日而语。你改变不了自己的遭遇，但至少，你可从改变自己开始，可以控制自己的心态，把你有的东西经营好。你的心态就是你的主人。

也许有的时候，你看不到明确的前进方向，但是不要原地站着不动，要低头做你手边能做的事，并且做好它。否则，如果你停止不前，等你找到方向，你会发现你已经跟不上了，你还得重新找方向。

记住，再烦，也别忘记微笑；再急，也要注意语气；再苦，也要坚持；再累，也要爱自己。（佚名）

人活一世，要么有深度，要么有趣，要么安静。千万不要踩着别人的脚印去找自己的路，适合自己的活法，就是最好的活法。我希望，你能做一个温暖的人，不卑不亢，自在、清澈地生活。

学会看待吃亏

孩子，人生的许多东西是多余的，

更多的时候，得到你该要的、该有的就够了，

剩下的，在你心里淡淡地扔掉。

孩子，有些话，在你长大的过程中，我要和你说说。

有一天，你回来哭哭啼啼地告我，说一个同学又和你闹别扭了，你说事情本来不怨你的，是同学做得太过分。爸爸笑了。

依爸爸的经验，一个人要赢得另一个人很容易，那就是要学着吃亏。孩子，这个世界上没有人喜欢爱占便宜的人，但所有人都喜欢爱吃亏的人。你想着吃亏的时候，就会赢得别人；那个懂得以更大的吃亏方式来回报你的人，才是你赢

得的朋友。

　　孩子，人生的每一次付出，就像你在空谷当中的喊话，你没有必要期望要谁听到，但那绵长悠远的回音，就是生活对你的最好回报。

　　你拿着一个高脚的玻璃杯跳上跳下的时候，你要注意，不要把杯子碰碎了。一个杯子碎了以后，就永远也不能再弥合了。更重要的是，如果你把握不好，还会划伤你的手指，让一些伤痛永久留在心里。

　　孩子，好多事情就像是这样一个精美的杯子。开始的时候，你不要被它外在的光怪陆离所迷惑，你要审慎地去遴选和把握。再后来，你对待它的态度就非常重要了，一个结实的杯子，是呵护出来的，你用爱去细细擦拭，它就会释放出永久的光泽。

　　有一次，我让你出去帮忙买醋，本来给你一个硬币就够了，爸爸多给了你几个。爸爸发现，你在出门的时候，把多余的硬币悄悄地放在写字台的角上。那一刻，爸爸装作没看见，但你不知道，爸爸的内心是多么高兴。

孩子，人生的许多东西是多余的，比如钱，比如欲望，比如名声。更多的时候，得到你该要的、该有的就够了，就像现在，拿走一个硬币，剩下的，在你心里淡淡地扔掉。爸爸想说的是，因为你的舍弃，你豁然开阔的眼界里，将会发现人生中更多更美的风景。

或许，很小的时候，你就学会了在简单的生活中寻找快乐。不错的，孩子，生活中有些东西并不容易改变，但容易改变的，是人的心情。孩子，即便你一生中什么也没有抓住，但抓住了快乐，你依旧是天底下最富有的人。

爸爸为你讲一个故事。

你爷爷有一个朋友是做大买卖的人，有一年他把二十几个村庄的账敛起来，用纸包好了放在了咱家里，他说他要到别的村子里去，就一拍屁股走了。结果，一连多少年，再没有了他的消息。

爸爸上学的时候，你爷爷的肺病已经很厉害了，家里一贫如洗。好几次，你奶奶提到那个账包的事情，你奶奶的意

思是挪用一下，缓一缓家里的紧张情况。你爷爷一瞪眼，说，
人家凭什么敢把这么大的一笔钱放在咱这里，说明咱的人比
他的钱值钱！

　　孩子，你爷爷临死的时候，还是一个穷人。但他是一个
响当当的穷人。爸爸把这个故事讲给你听，是希望你能明白，
一个穷人应该以怎样的风骨，在这个世界上站立。　（马德）

路留一步，味让三分

大凡成功的人，无一例外都深谙"路径窄处，留一步与人行；

滋味浓时，减三分让人尝"这一点，

让自己不是那种断人财路、独占福源的人。

孩子，在道路狭窄时，要留一步让别人能走；在享受美餐时，要乐于和别人分享。这是立身处世取得成功的最好方法。

小时候，长辈经常告诫说："好吃的东西不要一个人独吞，要适当分给大家一些，否则小伙伴就不跟你一起玩，别人就嫉恨你，有了好处也会把你挤到一边。"

那个时候，我对这些话似懂非懂、半信半疑，所以总因小事与人争抢。后来，我彻底明白了这句话的深刻含义。

不要轻视甚至吝啬于分享。一个人只有懂得了这个道理，才能悟出成功的原因。要知道，并不是所有的事情都是狭路相逢勇者胜，在恰当时机懂得与人分享，可以让大家都得到利益，最后自己也会戴上赢家的桂冠。

人与人之间的相处，很多时候并不是单项选择题——有你没他，而是多项选择，可以双赢。但有些人并不明白，他们只知道鱼死网破，不是你死就是我活，为了争名夺利，打得头破血流、同归于尽。其实，在必要时让一步，反而能给自己带来更大的好处。

有句话说："世界上没有永远的朋友，也没有永远的敌人，只有永远的利益。"人生之路崎岖不平。在人生之路走不通的地方，要知道退让一步的道理；在走得过去的地方，也一定要给予人家三分的便利，这样才能逢凶化吉、一帆风顺。

留一步让三分，不仅给别人留一条活路，也是拓宽人际资源的绝妙之策。今天你让了他一步，明天他会还你两步，等于交了一个好朋友，在社会上打开一道通往成功的方便之门。

如果你不懂利益分享原则，凡是好处都自己独吞，那么即使惊世的才华也只能是无用的白纸。如果学会分享，好处利益分给众人，让每个人的心得到温暖，这样，即便是在有意无意间，大家也会协助你进步、成功。

大凡成功的人，无一例外都深谙"路径窄处，留一步与人行；滋味浓时，减三分让人尝"这一点，让自己不是那种断人财路、独占福源的人。

做人，唯我独尊是最危险的大忌，这直接关系到你的一生是坎坷不平，还是安稳自在。（佚名）

偷来的巧，其实是致命的拙

孩子，错了没关系，不管怎样，现在的你输得起。

但是要记住，捷径，可能是最远的路；

偷来的巧，其实是致命的拙。

　　孩子，你首先是人，然后才是女人。所以，你一样需要负责任，一样要有坚强、独立的品质。但切记，有些原则，你要仅仅用来约束自己而非他人，否则太累，也容易失望。

　　爱情是一种美好感受。一个喜欢你的男孩子，他也许非常普通，但他应该懂得尊重你，知道如何让你开心，内心丰富，会聪明地解决问题，避免你受到重伤，否则一切免谈。不要让自己进入到受虐循环中，这会养成习惯。

　　男人在你身上一定要舍得花钱，可能不是大手大脚地花，但一定要有心。一个对你特别吝啬的男人，他一定是在考虑分手的成本，这种男人，不能要。

尽量减少暗恋一个人的时间。如果有把握，去接近他，如果没有，告诉他你的想法，然后洒脱转身，让老天决定吧。

不要纠结于别人的男友有多么体贴、浪漫、多金。记住，你自己的情感体验，永远与任何人都不会相同。少看无意义的爱情故事，减少那些无意义、不切实际的幻想，你并不是公主，世上也没有那么多王子。减少虚荣心，这样会减少不必要的负累，也会得到更多尊重与垂青。

多告诉他你的想法，而不是暗示、猜忌。把他当作成长伙伴，最后即使分开，在他心里你也无可取缔。对于那些纪念日和纪念品，看轻点，有什么比你们现在开心在一起更重要的事情呢？相信他，珍惜他，因为明天不可预测。该结婚了就结婚，不管你条件有多好，后面未必会有更好的选择等着你。

爱打扮、爱美是女人一生的权利，要多照镜子，相信自己是美的。所以，你在大部分时间里，可以把自己打扮得干净、朴实一点，不过衣橱里一定要有几件好衣服，哪怕是穿给自己看。

　　妥协是人必须要学会的一项"生存技能"，但作出妥协的前提永远是为了让自己更心安理得，不能违背你最基本的价值观。不能让自己舒服的妥协，不要做。人在必要时可以虚伪一点，但不必要时一定要真诚。只有真诚对待自己，对待这个世界，最终你才划得来。

　　做一个有童心的人，但要注意保护自己，要允许自己在某种状况下释放、放纵。一切以你自己是否开心为底线。但理性一定要在80％的时候都应该超越感性。可以随性一点，但同时也要学会忍受、自制。

　　不要舍不得花钱，也不要无规划地攒钱。如果实在穷极无聊，想办法去赚钱，通过一切正常手段，哪怕去夜市摆地摊。

　　记住，这个世界，孤独并不可耻。不要伪装无时无刻的乐观、充实，也不要随便告诉别人你很寂寞。真的觉得空虚和沮丧时，可以去换个发型，可以试试新的香水，可以戴上新买的耳环，又或者去涂上艳丽的指甲油，这样会容易让自己更有自信。

其实，这个世界还有太多的方式可以让你走出寂寞——逛街、运动、吃饭、减肥，找个没去过的地方假装探险……总之，无论什么时候，都不要无端怀疑自己。不要成为情绪的俘虏，但也不要成为它的敌人——化解它、安抚它。

你要多读书，不为气质，只是让自己不孤独。其实，女孩子一定要有自己的兴趣爱好，不要做个无趣味者，这比做坏女孩还可悲。

你可以去健身、练瑜伽，还可以学会做几样自己爱吃的菜。不为别的，这本身其实就很好玩。你更可以多走出去，看看外面广阔的世界，哪怕穿得朴素一点。

在大的决定前，比如辞职、分手，告诉几个最好的朋友，然后，给自己一段缄默期，比如安排一次一个人的旅行。换种方式看自己，然后再来决定。

记住，要珍惜、疼爱你的闺密，她们不应该是你无聊时期的填补，追求爱情过程中的花环，以及攀比嫉妒的对象。认真对待她们，要仗义。当你想不明白的时候，她们或许比你要聪明。

要有靠谱的男性好友。不管他在旁人眼里是什么人，他有突出的优点，可以弥补你和你闺密们的世界观。最重要的是，他真心把你当朋友而不是其他，对他倾诉是安全的，他是那个可以在你不小心烂醉后把你送回家安顿好而不出事的人。

你要真心把他当朋友，要对他仗义。少和无聊、空虚、居心叵测的熟年男子来往，单独吃饭尤其不要，无意义地倾诉和陪聊是对青春的浪费。

认真想想，你希望成为怎样的人，然后少说多做。错了没关系，不管怎样，现在的你输得起。但是要记住，捷径，可能是最远的路；偷来的巧，其实是致命的拙。（佚名）

每个人都有别人羡慕不已的东西

孩子，世界上永远没有完美，

每一个人都有自己的不足和局限，

也都拥有让别人羡慕不已的东西。

不要总是看到别人的优点，

对自己的优点则熟视无睹。

　　每一个人的际遇和客观条件都是不同的，有的人一生风平浪静，没有大起大落的惊喜和伤悲；有的人一生则跌宕起伏，波涛汹涌。

　　当自己处于那种险恶境遇的时候，应该以怎样的心态看待？是心平气和、坦然受之，还是怨天尤人、牢骚满腹，或者责怪命运的不公？

　　不同的际遇，都是上天给你的不同考验与磨炼。人活在世上，必须有一种想法：有结果的努力是锻炼，没有结果的努力是磨炼。不论处于什么境遇，都应该咬牙挺过来，因为每一种际遇都是成长必须的元素。

无论是失意还是得意，你永远不是最不幸的人，而你也永远不是最幸福的人。不论你的处境多么优越，总有人比你还要优越；不论你的处境多么悲惨，也总有人比你更加悲惨。

当你为自己的眼睛不够大而烦恼的时候，也许，你的身边正有一个盲人经过；当你为自己没有挺拔的身材而自卑的时候，也许不远处就有一个坐着轮椅的人；当你为没有钱买一双高档名牌皮鞋而忧虑的时候，也许你的身边正巧有一个经历过截肢的人；当你为自己没有洪亮的声音，为无法成为一个演说家而忧心的时候，你想到世界上有成千上万的聋哑人了吗？

其实，对于我们每一个人来说，当你感觉自己多么不幸的时候，也许，世界上比你更加不幸的人就在你身边。也许，他领悟了生活中的最普通的道理，懂得知足和珍惜，他的脸上却有着灿烂的笑容。

　　孩子，世界上永远没有完美，每一个人都有自己的不足和局限，也都拥有让别人羡慕不已的东西。不要总是看到别人的优点，对于自己的优点则熟视无睹。（鲁先圣）

面对复杂，保持自己

孩子，人活一世，
要么有深度，要么有趣，要么安静。
千万不要踩着别人的脚印去找自己的路，
适合自己的活法，就是最好的活法。

　　孩子，若你试图让所有人都喜欢你，那是徒劳无功的，
也是对自己的不负责任。不要迷失在别人的评价里，用心倾
听自己内心的声音，做自己就好。

　　所以，你首先要为自己活，如果在你的生命中只为别人
活，你的生活将永远不会有属于自己的空间。为自己活，不
等于不关心别人，不等于从此自私地对别人不管不顾，而是
要明白，为自己活，是不该控制他人。为自己活，就是不再
试图改变他人，而是试着改变自己。

有些人，看看就好，但不适合相伴左右。那是海市蜃楼，不是涓涓细流，无法止渴。同样的，也有些人，浅交就好，没必要沉沦，那里的境地其实是贫瘠一片，种不出好看的保加利亚玫瑰。

记住，生命首先是你自己的，不要让别人安排你的计划表，不必用别人的标准来框定自己的人生。如果想讨好所有人，满足所有人的标准，最终只会迷失自己。你不可能让所有人对你满意，因为每个人都有自己不同的标准。

幸福不是得到你想要的一切，而是享受你所拥有的一切。把目光停留在微小而光明的事物上，远离那些混乱和嚣张。抱怨少了，自然幸福就多了。

人活一世，要么有深度，要么有趣，要么安静。千万不要踩着别人的脚印去找自己的路，适合自己的活法，就是最好的活法。我希望，你能做一个温暖的人，不卑不亢，自在、清澈地生活。

上天用三种方式给曾经付出的人们作答：他点头给你想

要的；他摇头给你更好的；他让你等，就给你最棒的。而一
种好的、幸福的生活，它的主题就是，面对复杂，保持自己。
(佚名)

尖锐中必须藏着柔软，泼辣中也要学会温柔相待

孩子，人生，少了霸气才能多些温暖。

不必锣鼓喧天也可以活得很快乐的人，

才能活得安心、安然、安稳。

　　人在年少轻狂时，总是意气风发、血气方刚，常常是得了理就不饶人，那时候的自己就像是一把利剑，总是把别人和自己都刺得遍体鳞伤。但是总有一天你会发现，人生是需要忍耐、需要退却、需要迂回、需要超拔的，而人生的幸福也需要你细细咀嚼、慢慢品味。

　　假如利剑是人生中不可缺少的锐气，那么钝斧便是使人得以渡过难关、安身立命的根本。

　　人生需要利剑，也需要钝斧。因为利剑具有冲锋陷阵的

勇气，而钝斧却是面临人生中的挫折时，能够不急不躁的知足与适度。在生活中若能两者兼具，就能具有百折不挠的毅力，以及视磨难与困境为人生常态的平和，唯有如此，我们才能真正感到身心的安顿与和谐。

　　每个人就犹如是一盏灯，总希望在照亮自己的同时，也能照亮别人。灯光有如利剑，而钝斧有如灯罩，倘若能在灯光处加了一层灯罩，就可以减弱光度，除了可以保护自己外，也能不刺伤别人，人生若能适时加了一层灯罩，就会让灯光显得温暖而柔美。

　　假若利剑是锋芒毕露，那么钝斧就是韬光养晦。

　　人有时不可锋芒太露，锐则易断，无法常久。当人在功成名就时，久而久之则易生骄恣之心，倘若此时忘记了人生原有的美善，只想扩展自己无尽的欲望，希求永无止境的满足感，那么，必定会遭来无限的苦果。此时，还不如寡欲、知足，就此安于现实，反而是能够解脱的方法。

　　很多人在年轻的时候，情绪很容易冲动，冲动起来就像一把锋利的刀，过于锐利的刀面，就容易伤害别人，同时也伤害自己。

时间是无法跳越的，就犹如利剑与钝斧，皆是每个人在成长过程中，无可逃避的淬炼与挣扎。

生活中，人经常无法容忍别人所犯的错，总是严厉地去指正别人的错误，即使你是对的，他是错的，你也不必争得面红耳赤，直到对方愤愤离去才肯罢手。你不必拿着利剑一次次去刺别人，直到对方受伤流血，对你深恶痛绝，你才肯住手。

你该学会的是，试着保住别人的面子，不要得了理又不饶人，设身处地地了解别人心理，把自我的锋芒收敛起来，免得伤了别人也伤了自己。那些被你伤过的人，他们也会去等待一次机会，一次可以扳回局面的机会。

如果说利剑是冲锋陷阵的利器，那么，钝斧就是韬光养晦的盾牌。

人生少了利剑的剑拔弩张，反而会使人变得较为优雅、内敛与洗练，面对人生时才能心存感激。少了霸气才能多些温暖，不必锣鼓喧天也可以活得很快乐的人，才能活得安心、安然、安稳。（邱立屏）

微笑是一种修养

孩子，要想生活中一片坦途，
那么首先就应清除心中的障碍。
微笑的实质便是爱，懂得爱的人，
一定不会是平庸的。

生活并没有拖欠我们任何东西，所以没有必要总苦着脸。应对生活充满感激，至少，它给了你生命，给了你生存的空间。

微笑是对生活的一种态度，跟贫富、地位、处境没有必然的联系。一个富翁可能整天忧心忡忡，而一位残疾人可能坦然乐观；一位处境顺利的人可能会愁眉不展，而一位身处逆境的人可能会面带微笑……

一个人的情绪受环境的影响，这是很正常的，但你苦着脸，一副苦大仇深的样子，对处境并不会有任何的改变。相反，如果微笑着去生活，那会增加亲和力，别人更乐于跟你交往，得到的机会也会更多。

只有心里有阳光的人，才能感受到现实的阳光，如果连自己都常苦着脸，那生活如何美好？生活始终是一面镜子，照存的是我们的影像，当我们哭泣时，生活在哭泣，当我们微笑时，生活也在微笑。

微笑发自内心，不卑不亢，既不是对弱者的愚弄，也不是对强者的奉承。奉承时的笑容，是一种假笑，而面具是不会长久的，一旦有机会，他们便会除下面具，露出本来的面目。

微笑没有目的，无论是对上司，还是对门卫。微笑是对他人的尊重，同时是对生活的尊重。微笑是有"回报"的，人际关系就像物理学上所说的力的平衡，你怎样对别人，别人就会怎样对你，你对别人的微笑越多，别人对你的微笑也会越多。

　　清者自清，浊者自浊。有时候过多的解释、争执是没有必要的。对于那些无理取闹、蓄意诋毁的人，给他一个微笑，剩下的事就让时间去证明好了。

　　当年，有人处处说爱因斯坦的理论错了，并且据说有一百位科学家联合作证。爱因斯坦知道了这件事，只是淡淡地笑了笑，说："一百位？要这么多人？只要证明我真的错了，一个人出面便行了。"

　　爱因斯坦的理论经历了时间的考验，而那些人却让一个微笑打败了。

　　微笑发自内心，无法伪装。保持微笑的心态，人生会更加美好。人生中有挫折有失败，有误解，那是很正常的，要想生活中一片坦途，那么首先就应清除心中的障碍。微笑的实质便是爱，懂得爱的人，一定不会是平庸的。

　　微笑是人生最好的名片，谁不希望跟一个乐观向上的人交朋友呢？微笑能给自己一种信心，也能给别人一种信心，从而更好地激发潜能。

　　微笑是朋友间最好的语言，一个自然流露的微笑，胜过

千言万语，无论是初次谋面也好，相识已久也好，微笑能拉
近人与人之间的距离，让彼此之间倍感温暖。

　　微笑是一种修养，并且是一种很重要的修养，微笑的实
质是亲切，是鼓励，是温馨。真正懂得微笑的人，总是容易
获得比别人更多的机会，总是容易取得成功。（佚名）

花未全开，月未全圆，是最好的境界

孩子，所谓"门槛"，过去了就是门，没过去就成了槛。

很多时候，你把事情变复杂很简单，把事情变简单很困难。

这个世界，花儿不为谁开，也可以为自己开，世界不为谁存在，也可以为自己存在。花未全开，月未全圆，这是人间最好的境界。花一旦全开，马上就要凋谢了，月一旦全圆，马上就要缺损了。而未全开未全圆，仍使你的心有所期待，有所憧憬。

伤心了，哭一下；厌倦了，回望一下；累了，休息一下；做错了，就改正。

世界上没有悲剧和喜剧之分，如果你能从悲剧中走出来，那就是喜剧；如果你沉缅于喜剧之中，那它就是悲剧。如果你只是等待，唯一发生的事情，只会是你在碌碌无为中变老了。

人生的意义不在于拿到一手好牌，而在于打好一手坏牌。

这世上有两样东西是别人抢不走的：一是藏在心中的梦想；二是读进大脑的书。你看的是书，读的却是世界；沏的是茶，尝的却是生活；斟的是酒，品的却是过往。

将生活中点滴的往事细细回味，伤心时的泪、开心时的醉，都是因追求而可贵。

马在松软的土地上易失蹄，人在甜言蜜语中易摔跤。

所谓"门槛"，过去了就是门，没过去就成了槛。

很多时候，你把事情变复杂很简单，把事情变简单很困难。时间是治疗心灵创伤的大师，但绝不是解决问题的高手。世界上只有想不通的人，没有走不通的路。（佚名）

生活难免会刁难我们，要一笑而过

孩子，面对刁难自己的人，刁难自己的事，

最好的过法，就是一笑而过。

然后，轻松地告诉自己：

被刁难，也是生活的一部分。

　　生活难免会刁难我们。然而，比刁难更糟糕的情况是，有时候，雨还没有下起来，我们却先自己浇透了自己。

　　一个人，若是心灵不够强大，就总会觉得，处处与奸邪恶毒的人狭路相逢。这是因为，越是在窄憋的空间里，丑恶越容易被放大。自我灵魂的通过性不好，就会显得坏人特别多。通过性，其实就是一种包容性，当你盛下了世界，即便偶见一隅的阴风浊浪，在阔大的视野里，也不过是沧海一粟。

　　生活的刁难，有时候，就像走在短巷中，冷不妨被杂物

绊了一跤。也许要龇牙咧嘴疼上一阵子，但是，当你捂着伤
口的时候，要跟自己说，走的路多了，难免是会磕碰的。同
时，你还要笑笑，因为，你欣喜地看到，这个巷子里有好多
地方也很杂乱、危险，它们并没有绊倒你。

　　不要期望，身边的每一个人都是你愿意遇见的人，就像
不可能永远只活在明媚的天气里一样。碰上阴天下雨，你也
得潮湿地过一阵子，这是一种生活的能力，也是成长必须要
有的境遇。漫长的人生征途上，即便今天不会刁难你，换一
天也会刁难你，即便这个人不刁难你，换一个人也会刁难你。
　　面对刁难自己的人，刁难自己的事，最好的过法，就是
一笑而过。然后，轻松地告诉自己：被刁难，也是生活的一
部分。你会发现，因为与自己讲和，任何刁难，都会被化解
到不那么锋利。

　　放开了自己，生活才会放开你。

　　刁难，总是来自于比自己强大的人，或为强权，或为强

势。因为有所顾忌，才有所退缩。

实际上，是自我的那颗畏惧的心，逼得自己软弱，孱弱，甚至走投无路。畏惧心，其实是得失心，当你在得失上畏首畏尾，就难免会受制于人，受压于人，受气于人，受辱于人，就会受到刁难。

再强大的陌生人，也不会刁难了你。因为跟你没关系，你可以不必怕。这就是面目狰狞的人总是出现在你身边，而不是在别人身边的缘由。因为，只有身边的人，才会与你有利益关系，有利害关系，你才会被刁难。被刁难，其实不是屈服于谁，而是屈服于某种利益关系和利害关系。

在生命的大幕上，刁难最初似乎是一种伤害，但后来，却成了成全。因为，每一个被生活刁难过的人，知道了怎样与这个世界周旋或相处，也懂得了，生活有时候是一门妥协的艺术。

被刁难的时候，就一笑而过吧。到后来，你会发现，没有比笑着活过，更通达、更通透的活法了。（马德）

Grow up
写给成长

很多事会让人痛苦，等过阵子回头看看，会发现其实那都不算什么。学会放下，有时候你拽得越紧，痛苦的往往是你自己。取舍之间，必有得失，要相信，一切阴霾终将过去。

别人是以你看待自己的方式看待你

孩子，世界上没有对与错，只有因和果，

当你付诸百分之百的真诚去对待身边的人，

而不去计较他会以何种方式回报你，

只要静静地等待，所有的一切都会顺势而来。

一个人，内心怎样看待自己，在外界就能感受到怎样的眼光。实际上，别人，是以你看待自己的方式看待你。

一个从容的人，感受到的多是平和的眼光；

一个自卑的人，感受到的多是歧视的眼光；

一个和善的人，感受到的多是友好的眼光；

一个叛逆的人，感受到的多是挑剔的眼光。

一个小男孩儿和一个小女孩儿在玩耍，小男孩儿收集了很多石头，小女孩儿有很多的糖果。小男孩儿想用所有的石头与小女孩儿的糖果做个交换，小女孩儿同意了。

小男孩儿偷偷地把最大和最好看的石头藏了起来，把剩下的给了小女孩儿，而小女孩儿则如她允诺的那样，把所有的糖果都给了男孩儿。

那天晚上，小女孩儿睡得很香，而小男孩儿却彻夜难眠，他始终在想，小女孩儿是不是也跟他一样，藏起了最好吃的糖果。

其实，如果你总是不愿意给予别人百分之百，你就会怀疑别人是否给予了你百分之百。我希望，你能拿出你百分之百的诚心，对待身边的人和事，然后，睡个安稳觉。

要知道，信任就像一张纸，一旦皱了，即使抚平，也再恢复不到原样了。

生活中的很多人和事也是如此，自己到底有没有做到百分之百呢？虽然深知猜疑这东西最伤感情，可还是会不断地忍不住地猜疑。

猜疑是对他人的不信任，对自己的不自信，对彼此的折磨，对感情的亵渎。

这，是一个心魔。可以说，有什么样的内心世界，就有什么样的外界眼光。

世界上没有对与错，只有因和果，当你付诸百分之百的真诚去对待身边的人，而不去计较他会以何种方式回报你，只要静静地等待，所有的一切都会顺势而来。

一个人若是长期抱怨自己的处境冷漠、不公、缺少阳光，那就说明，真正出问题的，正是他的内心世界，是他对自我的认知出了偏差。

这个时候，需要改变的，正是自己的内心；而内心的世界一旦改善，身外的处境必然随之好转。毕竟，在这个世界上，只有你自己，才能决定别人看你的眼光。（佚名）

成年不等于成熟

成熟，是知道如何选择。
找一条适合自己走的路，别左顾右盼，
莫贪多求快，不误入乱花迷了眼。

　　孩子，18 岁的你已经成年，但是，成年还并不等于成熟。
　　成熟，是知道如何选择。找一条适合自己走的路，别左顾右盼，莫贪多求快，不要误入乱花迷了眼；是明白如何坚持，好走的路上景色少，人稀的途中困苦多。勿随意盲从，坚守好这一刻，才能看到下一刻的风景；是懂得如何放弃，属于你的终究有限，放弃繁星，你才能收获黎明。

　　一个成熟的人，会先处理心情，再处理事情；只为成功找方法，不为失败找借口；不为模糊不清的未来担忧，只为清清楚楚的现在努力；不看自己失去什么，只看自己还拥有什么。

一个成熟的人，懂得宽容他人对你的冒犯，也不会无缘无故妒忌，并用平和心态对待一切艰难。

一个成熟的人，不是出口成章，说出许多深刻的道理，或者是思想境界达到多高。而是待人接物让人舒适，并且不卑不亢，既保留有自我的棱角，又有接纳他人的圆润。

很多事情其实并不需要多做辩解，仅仅一个微笑就足够了。想想看，今天再大的事，到了明天就是小事；今年再大的事，到了明年就是故事；今生再大的事，到了来世就是传说，我们最多也就是个有故事的人。

如果打两个比较另类的比方，人生就像饺子，无论是被拖下水，还是自己跳下去，一生中不蹚一次浑水就不算成熟。人生也像一棵果树，在风雨中成长，在阳光下开花，繁花落尽，才会硕果累累。

花季的烂漫，雨季的忧伤，随着年轮渐渐淡忘，沉淀于心的，一半是对美好的追求，一半是对残缺的接纳。曾经看不惯、受不了的，如今不过淡然一笑。

　　所以，成熟，不是心变老，而是繁华过后的淡定；成熟，不是看破，而是看淡。（佚名）

大学能给你什么

孩子，我们支持你读书，

目的其实并不是要让你拿到文凭，

然后升多大官或者发多大财，

而是首先想让你成为一个有温度、懂情趣、会思考的人。

孩子，这些话，说给即将踏入大学校门的你。

这些年来，我们支持你读书，目的其实并不是要让你拿到文凭，然后升多大官或者发多大财，而是首先想让你成为一个有温度、懂情趣、会思考的人。而大学，将赋予你足够的时间和实践，去认真思考怎样的人生才是有意义的人生；将重新树立你的价值观、人生观、世界观。

进入大学以后，你会明白，世界上有很多比你更加优秀的人，而你也会结识在未来几十年的人生里，你最重要的朋友，也能分辨出哪些人自己一辈子都不会交往。

　　孩子，我现在已经开始把你当作一个成年人。作为一名大学生，你应该知道，做个任何人都不得罪的人并非好事，有人反对，有人支持，然后自己做出决定，这才是正常的人生。

　　在大学，你将有更好的机会释放自己的能力，用实践去检验你大胆、新奇甚至疯狂的猜想。

　　大学也会让你能够集中精力解决很多困惑，从而形成自己的原则，开始学会拒绝。另外，面对一些不太公平的东西，你会开始明白抱怨无用，努力奋斗找到自己最合适的公平才是真的。

　　孩子，日后你会懂得，再好的大学也有渣子，再烂的大学也能出人才。不是大学决定你的未来，而是在什么样的大学，什么样的环境，你都知道你要成为哪种人。（佚名）

别让抱怨形成习惯

孩子，再金贵的宝贝，一旦被放错了地方，

也就成了毫无意义的废品。

外面的世界很精彩，也很无奈，

要懂得互补短长，扬长避短。

孩子，也许有时候你会认为，这个世界充满了不公平、贫穷、现实、无助，但我要你明白，这个世界永远不止这样，我要你看到光明、梦想、努力和希望。

没有人能回到过去重新活着，但是都可以从现在起，决定你未来的模样。它就像一列慢吞吞的火车，也许会很慢，但总会带你到达你将去往的那一站。

在人生这场旅行中，如果想让自己过得丰富而精彩，你就需要正确认识和经营自己的长处，能够正确评价自己所处

的环境，了解自己的长处和短处，并知道生活的意义，能够
履行自己的责任，以积极心态去解决困难。

　　每个人都有潜在的才能，只不过有时自己和别人没有发
现而已。知道自己在某个方面很优越，这不仅可以使你充满
自信，而且会让你拥有一块立身之地。

　　所以，不要轻易丢掉自己的兴趣和长处，以自己的短处
去谋生。再金贵的宝贝，一旦被放错了地方，也就成了毫无
意义的废品。外面的世界很精彩，也很无奈，要懂得互补短
长，扬长避短。

　　人不可能不犯错误，总有失误和不理智的时候。

　　这个时候，一个成熟的人，需要先让自己冷静下来，清
醒一下大脑，整理一下思绪。不要去抱怨生活的艰辛，命运
的不公，不要压抑自己，迷失自己，让自己沉沦在忧伤里不
能自拔，更不要自暴自弃。

　　要知道，抱怨无用，既然此路不通，那就另寻他路。抱
怨要是作为偶尔发泄一下的方式，是十分必要的，但可怕的
是形成习惯。抱怨是一种致命的消极心态，它只会增加你的

烦恼，只能向别人显示你的无能。

　　好的心态决定好的命运，以积极的心态生活，就会发现许多美妙的东西；以消极的心态生活，就会发现许多沮丧的东西。生活的快乐与烦恼，全在于你对生活的态度。

　　乐观向上，好运不断；失落沉沦，厄运陪伴。

　　最后，也是我最想说的是，任何时候，不要牺牲健康去换取金钱，那只会让你追悔莫及。没有健康的身体就什么都谈不上。健康是一切的基础，离开健康的身体，去说事业、金钱、爱情等事项，都是无源之水。（佚名）

一生需要做对三件事

孩子，人生不怕起点低，就怕没追求；

不怕走得慢，就怕走错路；

不怕不如意，就怕想不通。

与其羡慕别人，不如做好自己。

孩子，以下这些话，希望能够在你今后的人生道路上有所助益。

人生需要做对三件事。

第一件事：交对朋友。

所谓"物以类聚，人与群分"。你的一生中要么影响别人，要么被人影响，当你还处在比较低的位置的时候，被人影响非常重要，也十分必要，关键是你在被谁影响。你要记得，跟谁交朋友，在一定程度上，会决定你的一生可能跟谁一样。

第二件事：跟对贵人。

先有伯乐，才有千里马。人的潜能是需要被某些外在因素激发的，前提是，你的伯乐在哪里？他是谁？他能让你成为谁？

贵人是教育你建立正确思维、正确价值观、正确人生理念的人，贵人是给你理顺思路的人，是给你明确方向的人，是修正你的人、是恨铁不成钢又处处说你优点的人，是鼓励和帮助你的人，是恨你到咬牙切齿又不忍心放弃你的人，是把你扶上马送你一程的人，是陪你到胜利为你呐喊欢呼的人。

第三件事：找对平台。

无论你是才华横溢，还是草根布衣，只有把自己放对了地方，你才会有好的结果。

自行车、汽车、火车、飞机，不同的工具，它们能提供给你的效率是完全不一样的。如果骑着一辆自行车，无论你再怎么努力，也追不上路虎和奔驰。人还是那个人，平台不一样，载体不一样，结果也就不一样。

　　人生，出生规定起点，选择决定方向，心态左右生活。

　　不怕起点低，就怕没追求；不怕走得慢，就怕走错路；不怕不如意，就怕想不通。与其羡慕别人，不如做好自己。那些肤浅的羡慕、无聊的攀比、笨拙的效仿，只会让自己整天活在他人的影子里。

　　记得，无论何时何地都要相信，人生，越努力，才会越幸运。当你努力了，珍惜了，问心无愧，其他的交给命运。（佚名）

换个角度，世界就是另外的样子

孩子，允许自己不懂得他人，也允许他人不懂得自己；

不试图凌驾于他人的意志之上，

也不轻易投身于他人制定的评价体系之中。

这大概就是最自由的成熟。

人的一生可以干很多蠢事，但最蠢的两件事，就是拒绝
读书，忽视灵魂；拒绝运动，忽视健康。

当脾气来的时候，福气就走了，人的优雅关键在于控制
自己的情绪。用嘴伤人是最愚蠢的一种行为。一个能控制住
不良情绪的人，比一个能拿下一座城池的人更强大。

水深则流缓，语迟则人贵。我们花了两年的时间学说话，
却要花数十年的时间学会闭嘴。可见，说，是一种能力；不
说，是一种智慧。

人最大的魅力，是拥有一种阳光的心态。

韶华易逝，容颜易老，浮华终是云烟。拥抱自我的阳光心态，得失了无忧，来去都随缘。心无所求，便不受万象牵绊；心无牵绊，坐也从容，行也从容，故生优雅。一个优雅的人，养眼又养心，才是魅力十足的人。

容貌乃天成，浮华在身外，心里满是阳光，才是永恒的美。

因为了解到世界的广大与多元，并觉知到自我的局限与狭隘，所以，你会允许自己不懂得他人，也允许他人不懂得自己。

所以，不试图凌驾于他人的意志之上，也不轻易投身于他人制定的评价体系之中。这大概就是最自由的成熟。你将在你身边营造出一个求同存异、和而不同的小世界，宁静而淡泊。

心累的时候，换个角度看世界；压抑的时候，换个环境深呼吸；困惑的时候，换个角度去思考；犹豫的时候，换个思路去选择；郁闷的时候，换个环境找快乐；烦恼的时候，换个思维去排解；抱怨的时候，换个方法看问题；自卑的时候，换个想法去对待。

换个角度，世界就是另外的样子。

身安，不如心安；屋宽，不如心宽。以自然之道，养自然之身；以喜悦之身，养喜悦之神。

有所畏惧，是做人最基本的良心准则。所谓快乐，不是财富多而是欲望少。做人，人品为先，才能为次；做事，明理为先，勤奋为次。

一生说长不长，说短不短，要学会不抱怨，不等待，不盲从。很多想不明白的事情，会在时间的推移下变得不是那么重要，变得无所谓。放自己一马，让心真正休息，一步步学会放空的智慧，自然而然地走向成熟。（佚名）

耐得住寂寞，才能不寂寞

孩子，耐得住寂寞，要有坚守之心。
很多人之所以碌碌无为，不是因为没有能力，
而是因为没有耐性，或者说，耐不住寂寞。

在生命的旅程中，任何生命个体都不可能摆脱寂寞。寂寞使空虚的人孤苦，寂寞使浅薄的人浮躁，当然，寂寞也会使睿智的人深刻。

耐得住寂寞，要有坚守之心。

很多人之所以碌碌无为，不是因为没有能力，而是因为没有耐性，或者说，耐不住寂寞。想坚守下去，有三个选择：选你所爱、爱你所选、忠于兴趣。

耐得住寂寞，是一种困境的体验，是人生走向成熟的历程。

求人不如求己。人生在世，路靠自己走，在命运的行程中，无疑每个人都是独行者，有的人一帆风顺，有的人坎坎坷坷。坎坷多舛者，如攀山行栈，一路芳卉异草，奇险风景，自有难得的人生体验。这是磨砺，是财富。

耐得住的寂寞，是人生旅程的驿站，是召唤理性的天籁。

只有真正体验了寂寞的人，才会更加珍视生活的温馨。因为只有耐得住寂寞，才会拥有一份平淡如水的心境，将纷乱的生活做一番调整，更好地面对每一天，人生从而具有了更加丰富的内蕴。

耐得住寂寞，要有内省之心。

一个人最大的缺点，是不知自己有缺点；最危险的缺点，是坚持已有的缺点；最无知的缺点，是为自己的缺点辩解；最可笑的缺点，是闭上眼睛也能发现别人的缺点，睁大眼睛也看不见自己的缺点。

耐得住寂寞，要有清静之心。

　　寂寞和浮躁往往是孪生兄弟。浮躁的人最容易感到寂寞，也最难以耐得住寂寞。克服浮躁、耐得住寂寞，不是要甘于寂寞，沉沦于颓废，而是要远离心浮气躁、急功近利，静下心来，扑下身子多干事，厚积而薄发。

　　不在寂寞中奋斗，在奋斗中积累，何来一鸣惊人？人的一生不可能不受挫折，在受挫时，更要平心静气地享受寂寞，养精蓄锐，蓄势而发。

　　只有当一个人的知识、阅历、素质、修养达到足够的积淀时，才能真正做到不说张扬之语，不干张扬之事，不逞张扬之能。处于低谷不颓废，遇到困难不退缩，一帆风顺不得意，成绩面前不炫耀，永远保持着踏踏实实、平平常常、自自然然的生活态度和格调，以成熟、豁达、自重、睿智处世做事，得意时淡然，失意时坦然。

　　寂寞是一块试金石，可以试出一个人意志是否坚韧；寂寞更是酝酿成就的养料。因此，对有理想有追求的人来说，耐得住寂寞方能不寂寞。（佚名）

二十岁之后的人生，需要你好好经营

孩子，人这一辈子是短暂的，

我希望，你要让自己健康着、开心着、幸福着，

有着你爱的人和爱你的人，做着你喜欢的事和需要你做的事，

有着牵挂你的人和你牵挂的人，温暖地过一辈子。

二十岁的年龄，已经不允许你幼稚。当你无力把握命运中的某种爱，某种缘，某种现实，要学会放手。给自己身心一个全新的开始，只要信心在，勇气在，努力在，成功就在。

这个年纪，需要你更加珍视友谊。真挚的友谊是人生最温暖的一件外套，它是靠你的人品和性情打造的，在这个年龄一定要好好地珍惜它，用心去储存。

这个年纪，需要你继续播种善良。一定要极尽自己所能及之事，让那些比你苦、比你难的人感受到这世上的阳光和美丽。这样的善良常常是播种，不经意间，就会开出最美丽

的花朵。

这个年纪，要拥有适合自己的陶冶情操的方式、音乐、瑜伽、旅行……会打开你的记忆和想象，全心地投入，更会给你带来意想不到的宁静。它是日子中的调味料，点点滴滴中，让你的生活有了滋味。

这个年纪，要学着避开两种苦。一是得不到之苦；二是钟情之苦。在你付诸努力的前提下，所有的、想得到的都当作一场赌博。胜之坦然，败之淡然。好在，这年龄还具有一定的资本，可以卷土重来。世间最苦是迷恋的痴情，如果在这时候还有这样的情愫，一定要像打扫灰尘一样，把它从心里清出去。

这个年纪，要学会承受。有些事情需要无声无息地忘记，有些苦痛和烦恼需要默默地承受。这些很正常，视其为人生必经的过程而已。

这个年纪，要保留感恩的心。感恩的心不仅让你怜惜一沙一石、一草一木，还会让你稀释掉某种无形的压力，平抚你的欲望和争斗，更多的时候，有一些幸福的感觉也往往来自于此。

这个年纪，要继续热爱学习。读书和学习能够保证你的记忆力、感悟力，还会长久地保持你的个性魅力，这是练瑜伽、做美容所不能达到的效果，何乐而不为！

这个年纪，要享受运动。保证你的体重不会因懒惰而增长，在某种程度上，就是保存住了你的青春，你的快乐，你的健康。

这个年纪，要真正开始学着淡忘。离开一个地方，风景就不再属于你；错过一个人，那人便与你无关。人生就是这样。牵挂着、烦恼着、自由着、限制着，走出一段路程，回头一望，却依然生动着、美丽着，仅此而已。

人这一辈子是短暂的，我希望，你要让自己健康着、开心着、幸福着，有着你爱的人和爱你的人，做着你喜欢的事和需要你做的事，有着牵挂你的人和你牵挂着的人，温暖地过一辈子。

人生就应如此。（佚名）

最先衰老的不是容貌，而是那份不顾一切的冲劲

孩子，有时候你拽得越紧，痛苦的往往是你自己，
取舍之间，必有得失，要相信，一切阴霾终将过去。

　　孩子，如果你想过普通的生活，就会遇到普通的挫折，
但是如果你想过上更好的生活，就一定会遇上更强的阻碍。
这世界很公平，能闯过去，你就是赢家。能否成就梦想，并
不是看你有多聪明，而是看你能否笑着渡过难关。

　　人生的修炼就是要修自己，能够适应不同境况下的生活，
无论处在任何优劣环境和状况下，都能够坦然面对，不会因
为环境与状况的改变而影响自己的情绪。

　　所以，逆境的时候意志力要坚强；失败的时候不可轻言

放弃；烦恼的时候要想想开心的事情。每一枝玫瑰都有刺，正如每个人的性格里，都有你不能容忍的部分。而你对于别人也是一样。

做人，要有一份内心的不声不响，有一份急迫中的不紧不慢，还有一份尴尬中的不卑不亢，要微笑着面对生活，不要抱怨生活给了你太多的磨难。面对失败和挫折，一笑而过是一种乐观自信；面对误解和仇恨，一笑而过是一种坦然宽容；面对赞扬和激励，一笑而过是一种谦虚清醒；面对烦恼和忧愁，一笑而过是一种平和释然。

当你走过世间的繁华与喧嚣，就会明白：人生不会太圆满，要学会一笑而过。

很多事会让人痛苦，等过阵子回头看看，会发现其实那都不算什么。学会放下，有时候你拽得越紧，痛苦的往往是你自己。取舍之间，必有得失，要相信，一切阴霾终将过去。（佚名）

隔着苦痛，品尝人生的甜蜜

孩子，这个世界有不尽的阳光，有不断的河流，
却没有永驻的苦痛。

人活一辈子，不会总有清风朗月相随，不会总有鸟语花
香相伴。总有一些劫难，一些苦痛，需要去经受，去承担。

物质世界的种种欲望，像条条无形的绳索，捆在心上，
纠缠着，束缚着，折磨着。

然而，它只是一道绳索，一道捆在心上的绳索。因此，
这个魔咒又是可解的，这一刻解不开，下一刻可以解开；这
个地方解不开，换一个环境可以解开；愚笨的人解不开，有
智慧的人可以解开。

　　所以，这个世界有不尽的阳光，有不断的河流，却没有永驻的苦痛。

　　有一种人，在自我的精神世界里迷了路，像一叶小舟，漂摇在尘世的汪洋大海上，不知道该往哪一个方向去。海面上，船来船往，无数的船，它们都有自己想要去往的目的地，而这一叶小舟，漫无目的，随风漂摇，随波逐流。

　　这种人，就是那些庸庸碌碌、活得没有目标的人。他们活在这个世界上，不求大理想，只思小温饱；没有大痛苦，只有小惆怅，是精神世界极其单调而贫瘠的一种人。他们的心是一座空房子，永远没有着落。我希望，你绝不是这样。

　　每个人的成长都伴随着痛苦，这种痛苦是一种上天的馈赠，是一种礼物。因为上天在生活的苦痛中拌了糖、拌了蜜，让你在承受苦痛之后，也能尝到人生的甜。

　　所以，遇到困难或者遭遇痛苦，不要沮丧，不要泄气，不要怀疑世界，不要怨天尤人，不妨笑一笑，接受这个礼物。因为只有你先接受这些苦痛，你才会真正的成长。

　　这个世界上，总是活得很快乐的人，就是能够把幸福放大了藏在心里。在他们看来，活着，并非没有痛苦，只是人更应该懂得去享受甜蜜。（佚名）

读懂自己，让生活安好

孩子，人生不会赐给谁任意选择的权利，苦与乐是同行的。

真正将人打倒的，常常不是痛苦，而是懦弱。

一个快乐的人，常常是经历了更多波折才脱颖而出。

　　人生是一场旅程，而生活就是沿途的风景。从呱呱坠地那天开始，一个"演员"就已诞生，每个人都在不同的环境里成长，用不同的方式演绎着自己的人生，而人生这场演出没有彩排，需要你真刀真枪地拼搏。

　　生活总不会完全以你自己想象和设定好的路线去行走，随着不断地成长，人所面对的世界会不断发生转折性的变化。渐渐地，最初的那份真也开始远离，取而代之的是虚荣和浮华的面具。很多人在面具的遮掩下渐渐迷失了自己，把虚荣和攀比变成了生命的主题。但是，人生最重要的是读懂自己，发挥自身价值，做一个真实的自己，只有这样，你才能够驾驭生活，成为生活中的强者，只有这样才有意义。

　　人生这场戏剧变幻无常，所以，缘来要惜缘，珍惜每一次遇见，因为到下一个路口，也许就天各一边；缘去要看淡，看淡得失，因为世界上没有哪一样东西是永远属于谁的。所以，学会不抱怨，要知道伤害你的人都是强化你的人，是他们让你练就了一双识别真伪的慧眼，也是他们，练就了你的强大。

　　人的一生，总是需要经历很多次蜕变才能真正的成熟，酸甜苦辣是旅途中必须经历的历程，不经历磨难，就欣赏不到各种风景；不经历磨炼，也就无法理解人生。经历了坎坷得到了磨炼；经历了挫折学会了坚强；经历了失去，明白了拥有的可贵；经历了人情的冷暖，学会了自己强大。

　　人生不会赐给谁任意选择的权利，苦与乐是同行的。真正将人打倒的，常常不是痛苦，而是懦弱。一个快乐的人，常常是经历了更多波折才脱颖而出，他懂得什么该拿起，什么该放下，什么是宽容，什么是理解，什么是收获，什么是珍惜。只有读懂自己的人，才能让自己活得更加洒脱。

有一天，你会知道，生活像一杯窖香的酒，细细品味，才能尝到醇香；生活像一杯茶，慢慢体会，才会咀嚼出它余香未尽的美；生活像一首歌，用心吟唱，才能高亢嘹亮。

就像四季冷暖的变换，人生总有花开花落总有缺憾，但是，也总会有更多的美好在那留白处，等待着发现和续写。

(佚名)

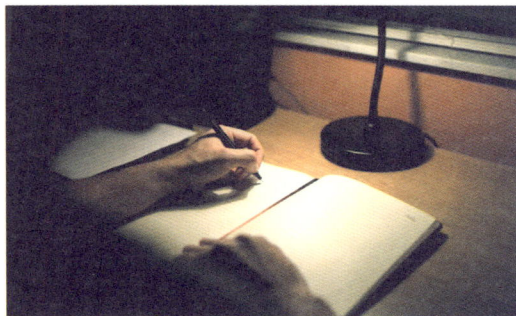

所有的失去都并非一蹴而就，
所有的得到也并非一日之功。

这一世，
若不珍惜，
谁能许你未来

很多人会选择放弃，
因为他们只是看到前方路途遥远，
而忘记了身后的一路坚持。

人一旦过了少年的时候，
就再也没有那个心去奋不顾身了。
什么爱啊，感觉啊……
长大之后，在现实看来，都是锦上添花。
你得有这块锦，才能添得上花。

这一世，
若不珍惜，
谁能许你未来

当一个人年轻时，谁没有空想过？
谁没有幻想过？想入非非是青春的标志。
但是，你要记住，人总是要长大的。
天地如此广阔，世界如此美好，
等待你们的不仅仅是需要一对幻想的翅膀，
更需要一双踏踏实实的脚。

　　不要去刻意讨好所有人，一是根本做不到，二是太虚假。

　　有人爱你便有人恨你，标杆就是要过自己心里那关。

　　我们有我们要去的地方，且深知那是哪里，谁都不能动摇我们；

我们有我们要走的路，且深知那崎岖布满荆棘，但我们依旧要走。

　　不仅仅做一个善良的人，更要做一个善良并且有力的人。

这一世，
若不珍惜，
谁能许你未来

时间无情第一，
它才不在乎你是否还是一个孩子，
你只要稍一耽搁稍一犹豫，
它立马帮你决定出故事的结局。
它会把你欠下的对不起，变得还不起，
又会把很多对不起，变成来不及。

　　　　　　生活从来都不容易，当你觉得容易的时候，
必定是有人在默默替你承担属于你的那份不容易。
　　　　　　　　　　　　　　　这个人，是父母。

这一世，
若不珍惜，
谁能许你未来

人生永远没有太晚的开始，
改变，永远不嫌晚，
无论你是几岁。

到了一定年龄，
便要学会让自己的每一句话都要有用、有重量，
处事淡然，永远有自己的底线。

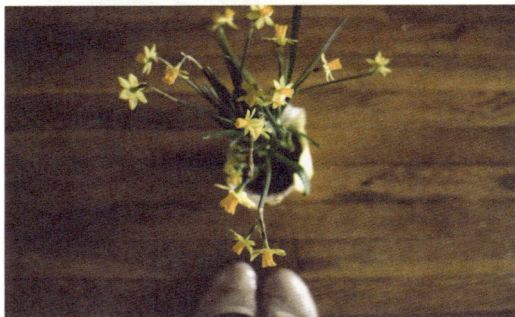

人总爱跟别人比较，
看看有谁比自己好，又有谁比不上自己。
而其实，为你的烦恼和忧伤垫底的，
从来不是别人的不幸和痛苦，
而是你自己的态度。

生活的一切精妙之处都定格在坚持和放手的瞬间。
你是你人生的作者，何必把剧本写得苦不堪言。

一个拥有真正实力的人，
会有内在的光芒，吸引人去发现，
绝不能也不会敲锣打鼓地外在炫耀。
炫耀只会掩盖了真正的光芒，
炫耀会吸引一时，得到肤浅的肯定，
炫耀只会让人失去了继续追求真实本事的毅力。

人在跳板上，最辛苦的不是跳下来那一刻，
而是跳下来之前心里的挣扎无助和患得患失。
我们以为跳不过去了，
闭上眼睛，鼓起勇气，也就跳过了。

这一世，
若不珍惜，
谁能许你未来

生活不可能像你想象得那么好，
但也不会像你想象得那么糟。
走下去你会发现，其实，
人的脆弱和坚强都远远超乎自己的想象。

你所经历的，一定不会是毫无意义。

从最初的年少轻狂，到如今的内敛沉静，一个人要走很多的路，

经历过生命中无数突如其来的繁华和苍凉，才会变得成熟。

这一世，
若不珍惜，
谁能许你未来

若不抽出时间来创造自己想要的生活，
你最终将不得不花费大量的时间来应付自己不想要的生活。

Existence
写给生存

每个人的心灵都有一个宝盒，每一个人都有一把钥匙可以开启它，在打开它以前，一定会有许多试炼、阻碍、挫折，甚至是绝望。不过宝盒之所以为宝盒，就在于它是属于能够通过最后考验的人。

好的生命不是完美，而是值得

孩子　世界虽然没有给每个人提供完美生活，

但是却给每个人足够的资源，拿到他们应得的。

　　弯弯，在你出生的第六十八天，我亲爱的外婆去世了。
我取消回北京的机票，飞到深圳送她离开。

　　看到在外婆身边哭得那么伤心的妈妈，我一次次地告诉
她，外婆并没有真的离开：她的样貌留在了你我身上，她给
长工送糖的故事让我们善良，她的辛劳让家里兴旺，她的生
命变成了我们的，我们的也会变成你的，而她用完了自己的
生命，就离开了。

　　这其实才是生命的真相。生命是一场破坏性的创造。

　　我在产房看着你出生，你的出生给妈妈带来巨大的痛苦。

你每天吃的奶水，是妈妈身体的消耗。当你慢慢长大，妈妈的身材样貌也都逐渐改变。你六个月以后开始吃到的米汤，广义地说，也需要毁掉一些植物的生命。你日后喜欢吃的牛肉、香肠，也需要毁掉一些动物的生命。为了延续你的生命，你必须结束它们的生命，它们的生命变成了你的。

虽然听起来残酷，但这却是生命的常识。这常识在你进入社会之后会被很多东西掩饰过去，青菜、肉类都会被小心翼翼地包装在超市的食品袋里面，胜者和负者的故事被分开来讲，以至于你永远看不到——当你在创造的时候，你一定在破坏。

所以，弯弯，重要的不是小心翼翼地活着谁也不伤害，谁也不得罪，谁都喜欢你，这不可能。关键是创造你自己的生命——让自己活出意义来，活出特色来，活得让自己对得起因为你失去生命的生灵，对得起人们为你注入的生命力，好的生命不是完美，也不是安全，而是值得。

我要讲的第二件事是关于世界的。

弯弯，这个世界并不公平。不知道你长大以后，幼儿园的阿姨会怎么教你？但是在你出生的时候，有个月嫂阿姨在我们家工作，她每天只睡几小时，三十多次被你的哭闹唤过去，却很爱你地呼应你拍着你，她真的很喜欢你。相比她的辛苦，她的收入并不高。

你的阿姨并不比我们差，也和你的爸爸妈妈一样努力，但是她的生活并没有我们好，这并不公平。她在你出生第一个月陪在你身边的时候比我和妈妈还要多。但是等你长大，你会忘记她，而记得爸爸妈妈。这也不算公平。

亲爱的弯弯，努力能在一定程度上改变命运，但是不一定能完全完全推翻。

所以记得，与别人相比是没有意义的。那虽然是所有人的第一反应，但那是一种永无宁日、绝无胜算的自我折磨。如果你有能力，记得要和自己比，让自己过得好一些，给人生做加法带来快乐，做减法带来安心，加加减减到让自己舒服。世界虽然没有给每个人提供完美生活，但是却给每个人足够的资源，拿到他们应得的。

如果你能活得再好一些，那么去帮帮那些过得比你差的人，尤其是那些活得不够好还很努力的人。要对世界有信心，他正在变好。怎么找到这个机会？好好地观察你身边的人，包括你自己。

我要讲的第三件事是关于你与世界的关系。

你要过得认真一些。从你出生到离开的这段时间里，只有 3 万多天，而等到你能认这封信时，你已经花掉 2000 多天了。还有最后那么 4000 多天，你老得精力无几。所以记得要认真地生活。

那么，认真和努力一定能成功吗？我要给你讲一则努力银行的童话。

有个叫上帝的人，开了一间努力银行。每个人都有一个写着自己名字的努力账户。每个人每天都在往里面存自己的努力。有的人存得多，有的人存得少。有的人第二天就取，有的人则很多年以后一次性取出来。

上帝在干什么呢？

上帝要保证每个人账目公平，不能有错账。上帝还要标注那些存努力存得最多的金卡客户，给他们分配更多的回报。上帝很忙很忙。但总是这样，总是那么几个最努力的人有最多回报。所以每隔十年，上帝就调出所有的金卡客户，抽一次奖，然后随机把一个巨大的成功分给中奖的那个幸运家伙。

所以，宝宝，只要努力，就会有合理的回报。而那些巨大的成功，往往来自于幸运——但是请先确定，你努力地拿到了金卡。

亲爱的弯弯，欢迎来到这个世界。记得要活得精彩，活得认真，跟自己比。愿你过上我从未看见与理想的生活。(古典)

你的生命来自父母，任何时候都要珍而重之

孩子，大部分的男人即便到了再大的年纪，

即便再成熟、再稳重，心里都住着一个大男孩儿，

男人只会变老，不会长大，总会需要女人的照顾。

　　作为一个女孩儿，你永远不要让任何一个男人成为你生命的全部，你要懂得，投入越多，也许就失去越多的道理。有时候，放手是给你自己一条生路。

　　不要把你所有的精力花在男人身上，女人还是该对自己好点，也不要为任何男人放弃自己的个性。事实上，并不是你迁就他，就可以让他觉得你有多好。恰恰相反，男人更喜欢有独立个性的女人。

　　不要企图依附男人生活，没有人会对寄生虫保持永远的

热情，所以，千万不可以为了爱情放弃事业。孤注一掷地选择爱情，一旦爱情没有了，你就什么都没有了，选择事业，即使爱情没有了，可是你还有本事好好养活自己，还有属于自己的生活。

不要在生活的细节上计较那么多，要知道，大部分的男人即便到了再大的年纪，即便再成熟、再稳重，心里都住着一个大男孩儿，男人只会变老，不会长大，总会需要女人的照顾。

在感情里不要想着索取，因为它不该是予取予求。如果你爱他，那么为了你们的将来，你应该珍惜他的收获，为你们的以后做好规划；如果你不爱他，那么不要在分手后，让他有机会在别人面前说，你只是贪图他的钱而已。

两人之间的相处，总要讲究妥协、原谅，但是这并不适用于当你遭遇第三者的时候。要知道，有些事可以原谅，但有些事是一辈子的伤痕。

在发现你的爱情里已经没有爱的时候，不要想用眼泪去打动、去挽留，有时候，你的眼泪会适得其反。你要面带微笑，自信地去面对一切，更要记得，有时候，放手不光是给他自由，还是给你自己一条生路。

永远不要产生也不要相信，谁离开了谁会活不下去这样的想法。你要知道，你的生命来自父母，任何时候都要珍而重之。

不要为任何人过度打扮自己，或者把自己搞得不修边幅，要每天都把自己装扮得干干净净，漂亮大方，只为悦己。

不要为任何人放弃你的朋友，忽视你的家人。你要知道，如果有一天爱情不在了，真正在你身边支持你的不是那些曾经的山盟海誓，而是这些人。

永远不要看低自己，每个人都有自己的优点，他不懂得珍惜，就找懂得珍惜你的，他不会欣赏，就找会欣赏你的。错过这一站，只因为最好的那个在下一站等你。（佚名）

人生只有走出来的美丽，没有等出来的辉煌

孩子，人生只有走出来的美丽，没有等出来的辉煌；

人生没有一劳永逸的开始，也没有无法拯救的结束。

即使局面很糟，只要一息尚存，就没有理由绝望。

　　人的成长和成熟，一定是要学会不抱怨，不等待，不盲从。

　　身安，不如心安；屋宽，不如心宽。以自然之道，养自然之身；以喜悦之身，养喜悦之神。有所畏惧，是做人最基本的良心准则。所谓快乐，不是财富多而是欲望少。做人，人品为先，才能为次；做事，明理为先，勤奋为次。

　　凡尘之中，要保持一颗平静心，宁静的心里，都有一道最美丽的风景。

　　尽管世事繁杂，心依然，情怀依然；尽管颠沛流离，**脚**

步依然，追求依然；尽管岁月沧桑，世界依然，生命依然。守住最美风景，成为一种风度，宁静而致远；守住最美风景，成为一种境界，悠然而豁达；守住最美风景，成为一种睿智，淡定而从容。

人生不如意事十有八九，不可能事事都顺，要学会调整心态，不要太过执着。

其实，烦恼大多来自于一些无谓的小事，学会用一颗宽容、乐观、豁达的心去对待，也就能毫发无伤地过去了。日子总是在前进，好也一天，烦也一天，不如用乐观心态对待生活。多看看生活中美好的一面，让自己快快乐乐地生活。

你可以感激伤害你的人，因为他磨炼了你的心志；感激欺骗你的人，因为他精进了你的见地；感激鞭打你的人，因为他消除了你的业障；感激打击你的人，因为他教导了你应自立；感激绊倒你的人，因为他强大了你的能力；感激斥责你的人，因为他助长了你的定慧。你要感谢所有使你坚定成就的人，生活在感恩的世界里，生活才会更精彩。

人生如行路，即便一路艰辛，却也一路风景。

你目光所及，就是你的人生境界。总是看到比自己优秀的人，说明你正在走上坡路；总是看到和自己差不多的人，说明你正在混日子；总是看到不如自己的人，说明你正在走下坡路。与其埋怨世界，不如改变自己。调整心态，积极向前，你的人生旅途才会充满阳光。

人生的感触，是自己的一场心境，只要心从容，即便岁月走到转角，依旧会收获属于自己的人间四月天；人生之心态，是繁华与孤独的交集，若懂得在低迷时宽慰自己，在纷杂时修正自己，则一池静水也可兴起微微波澜。

生活，应该秉承着坦然、欣然、怡然融汇而成的态度，以平常心，观不平常事，则事事平常。

平常心不是消极遁世，它该是一种境界，一种积极、智慧的人生态度。在危险面前，平常心就是勇敢；在利诱面前，平常心就是纯洁；在复杂的环境面前，平常心就是保持清醒智慧；在紧张的关头，平常心就是沉着地分析与应对；在荣誉面前，平常心就是谦虚；在诋毁面前，平常心就是自信。

人生只有走出来的美丽，没有等出来的辉煌；人生没有一劳永逸的开始，也没有无法拯救的结束。

即使局面很糟，只要一息尚存，就没有理由绝望。我们或许改变不了环境，但可以改变自己；改变不了过去，但可以把握现在；不能样样顺利，但可以事事尽心；不能选择容貌，但可以展现笑容。只要心中有阳光，生活就永远充满希望。

是生命，就会有长有短；是生活，就会有苦有乐；是人生，就会有起有落，总要学会从容看待。快乐，不是拥有得多，而是计较得少；乐观，不是没烦恼，而是懂得知足。漂亮的生活来自于好的心态，好心态，来自宽容，来自大度，来自知足。

人生无完美，曲折处亦是风景。（佚名）

朋友之树

孩子，两个灵魂不会偶然相遇。

每段友情，都值得你用心经营。

在人生的旅途中，我们会邂逅许多人，有些人会与我们并肩而行，共同见证潮起潮落；有些人只是与我们短暂相处。我们都称之为朋友。朋友有很多种，就好像一棵树，每一片叶子是一个朋友。

命运会赐予你一些朋友，而你不知道什么时候会邂逅他们。许多人被称为灵魂和心灵之友。他们是真诚的，也是真挚的。他们知道你什么时候过得不好，知道你需要什么，而你甚至不必开口。

有时候，某个朋友会触动你的心灵，于是，你们相爱，成为恋人。这个朋友会让你的眼睛焕发光彩，会让你的生活充满浪漫、美好和甜蜜。

也有一种远方的朋友，他们位于枝丫的末端，有风的时候，他们会在其他叶子中间若隐若现。他们虽然不总在你身边，但一直与你的心贴得很近。

时光流逝，夏去秋来。

在朋友的这棵树上，一些叶子会随风、随季节离你远去，一些新的叶子会在另一个春天出现，而有些枝丫则会陪伴你许多季节、许多年。然而，有些叶子虽已凋零却不曾远去，它们化作春泥，依然在滋养树的根系。

在人的生命中，每位过客都是独一无二的。他们会留下自己的一些印记，也有人什么也不留下，你于别人也是如此。然而，这恰好证明，两个灵魂不会偶然相遇。每段友情，都值得你用心经营。（豪尔赫·路易斯·博尔赫斯）

你该交怎样的朋友

孩子，友情是人一生中的无形财富，

我希望，你的身边能有这样一些朋友。

　　孩子，友情是人一生中的无形财富，我希望，你的身边能有这样一些朋友。

　　成就你的朋友。他们会不断激励你，让你看到自己的优点。

　　这类朋友也可称为导师型。他们不一定是你的师长，但他们一定会在某些领域具有丰富的经验，能经常在事业、家庭、人际交往等各方面给你提供许多建议。人生中拥有这种朋友会成为你最大的心理支柱，也常常会成为能够左右你的

"偶像"。

支持你的朋友。他们一直维护你，并在别人面前称赞你。

这类朋友可谓是"你帮我，我帮你"，相互打气，使得彼此成为对方成长的垫脚石。在一个人的成长过程中，朋友的支持与鼓励是最珍贵的。当你遇到挫折时，这类朋友往往可以帮你分担一部分的心理压力，他们的信任也恰恰是你的"强心剂"。

志同道合的朋友。他们和你兴趣相近，也是你最有可能与之相处的人。

与他们在一起，会让你有心灵感应，即"默契"。你会因为想的事、说的话都与他们相近，经常有被触摸心灵的感觉。和他们交往。会帮助你不断地进行自我认同，你的兴趣、人生目标或是喜好，都可以与他们分享。

这种稳固的感受"共享"会让你获得心理上的安全感，因为有他们，你能更容易实现理想，能更快地成长、成熟。

　　牵线搭桥的朋友。认识你之后，很快把你介绍给志同道合者。

　　这类朋友是"帮助型"的朋友。在你得意的时候，他们的身影可能并不多见，但在你失意的时候，他们却会及时地出现在你面前。他们始终愿意给予你最现实的支持，让你看到希望和机会，帮助你不断地得到积极的心理暗示。

　　给你打气的朋友。他们是好玩、能让你放松的朋友。

　　有些朋友，当你有了心事，有了苦恼时，第一个想要倾诉的对象就是他们。这样的朋友会是很好的倾听者，让你放松，在他们面前，你没有任何心理压力，总能让你发泄出自己的郁闷，让你重获平衡的心态。

　　开阔眼界的朋友。他们能让你接触新观点、新机会。

　　这类朋友对于人生也是必不可少的。他们可谓是你的"大百科全书"。这类朋友的知识广、视野宽、人际脉络广，会帮助你获得许多不同的心理感受，使你成为站得高、看得远的人。

给你引路的朋友。他们善于帮你厘清思路，需要指导和建议时去找他们。

这类朋友是"指路灯"。每个人都有困难和需要，一旦靠自己力量难以化解时，这类朋友总能最及时、最认真地考虑你的问题，给你最适当的建议。

陪伴你的朋友。他们一直和你在一起，有了消息，不论是好是坏，总是第一个告诉他们。

这种朋友的心胸像大海、高山一样宽广，不管何时找他们，他们都会热情相待，并且始终如一地支持你。他们是能让你感到满足和平静的朋友，有时并不需要他们太多的语言，只是默默地陪着你，就能抚平你的心情。

人，和谁在一起很重要，这能改变你的成长轨迹，甚至可以决定你的人生成败。常言说，人生有三大幸运：上学时遇到好老师，工作时遇到好领导，成家时遇到好伴侣。其实，这里面还需要加上一个——益友。如果遇到了以上的人，愿意当你的朋友，你一定要珍惜。（佚名）

世界是你自己的，与他人毫无关系

孩子，不同程度的锻炼，必有不同程度的成绩；
不同程度的纵欲放肆，必积下不同程度的顽劣。

人生一世，不会事事如你的意。你存心做一个与世无争的老实人，有人会利用你、欺侮你；你稍有才德品貌，有人会嫉妒你、排挤你；你大度退让，有人会侵犯你、损害你。

你要不与人争，就得与世无求，还要维持实力准备斗争。你要和别人和平共处，就先得和他们周旋，还得准备随时吃亏。

少年贪玩，青年迷恋爱情，壮年汲汲于成名成家，暮年自安于自欺欺人。人寿几何，顽铁炼成精金的能有多少？但不同程度的锻炼，必有不同程度的成绩；不同程度的纵欲放肆，必积下不同程度的顽劣。

上苍不会让所有幸福集中到某个人身上，得到爱情未必拥有金钱；拥有金钱未必得到快乐；得到快乐未必拥有健康；拥有健康未必一切都会如愿以偿。保持知足常乐的心态，才是淬炼心智、净化心灵的最佳途径。

一个人经过不同程度的锻炼，就获得不同程度的修养、不同程度的效益。好比香料，捣得愈碎，磨得愈细，香得愈浓烈。

也许你曾如此渴望命运的波澜，但到最后才发现：人生最曼妙的风景，竟是内心的淡定与从容……

也许你曾如此期盼外界的认可，但到最后你会知道：世界是自己的，与他人毫无关系。

记住，人生有的痛苦你是逃避不了的，但有些痛苦，是缘于你不肯离场，与别的无关。（杨绛）

生命就是上天给你最好的礼物

孩子，每个人的心灵都有一个宝盒，

每个人都有一把心灵的钥匙。

只要你愿意打开它，即使最卑微的小人物，

他的心灵都可能蕴藏着力大无比的能量。

　　生命是一个古怪的盒子，打开或者关上，仿佛不由自主。然而在这里面，我们却可以任意收集我们一生此起彼落无数的烟花。

　　你要把人生想象成一盒包装精美、系着彩带的礼物，有些人，只欣赏到礼物中包装炫目的外表，却不愿打开看看里面到底装些什么。也有人喜欢剥开一件件包装，彻底地来挖掘，并探视盒中的每一件东西，看看这巨大的人生宝盒中，到底有什么样稀奇古怪的宝贝。

　　虽然每个人盒内所装的礼物并不一样，有美的也有丑的，有快乐的，也有悲伤的，有无奈的，也悲凉的，有苦涩的，也有甜美的，但是，不管里面装的是什么，你总要亲自打开来，才知道内容是什么。

　　每个人的心灵都有一个宝盒，每个人都有一把心灵的钥匙。只要你愿意打开它，即使最卑微的小人物，他的心灵都可能蕴藏着力大无比的能量。每个人都要相信自己，即便是当别人都不相信你的时候。

　　在打开它以前，一定会有许多试炼、阻碍、挫折，甚至是绝望。不过宝盒之所以为宝盒，就在于它是属于能够通过最后考验的人。而重要的是，每个人都有足够的能力和潜力，走过生命中无数难关，并打开潜藏心灵的宝盒。

　　上天赐给每一个人一个宝盒，每个人都有机会拿到自己想要的礼物，只要你愿意打开心灵潜藏的宝盒，你同样可以得到你想要的一切。（邱立屏）

这样的人，是你的贵人

孩子，人生，要想过得舒服一点儿，

就要交欣赏你的朋友、有正能量的朋友、

为你领路的朋友、会批评你的朋友。

人生中，如果你遇到了这样的人，一定要珍惜，因为他们是你的贵人。

无条件力挺你的人。如果有人愿意力挺你，愿意无条件地帮你，只因为你是你，他相信你这个人，他接受你。一个愿意真正接受你的人，肯定是你的贵人。

愿意唠叨你的人。因为他关心你，所以他才会唠叨。因为他在意你，所以他才会唠叨。他的唠叨是善意的提醒，在事情发生前，他希望你可以少走冤枉路。

愿意陪你一起经历风雨的伙伴。很多人会在有难时离开你，但是当你有成就时，他们就想要和你一起领功，没分担，只要分享。那些可以陪同你分担一切的苦，分享一切的乐的人，才是贵人。

教导及提拔你的人。他看到你的好，能发现、欣赏甚至进一步激发你的长处，同时也了解你的不足，他能协助你，提拔你，不放弃你。

重视遵守承诺的人。一个人如果愿意遵守承诺，通常是因为他能够很清楚地知道自己的能力所在，自己能不能全力达到承诺的内容。这样的人，值得你把他奉为榜样。

愿意生你气的人。如果有人愿意生你的气，气你的小缺点，你应该感激他。这是因为，起码他还很在乎你。试想一下，如果你完全不再在乎对方，你会理会他吗？爱的相反并不是恨，而是冷漠。

我希望，你能遇到这样的人，我更希望，你也能够成为这些人当中的一种，被别人珍惜。（佚名）

生活可以简简单单，但不能随随便便

孩子，遇到了困难，不要急着去说你别无选择，

也许，下个路口就会遇见希望。

特别是有时候，人受到一点煎熬其实也是一件好事，

这会使你更加成熟，更懂得珍惜。

一只站在树上的鸟儿，从来不会害怕树枝断裂，因为它相信的不是树枝，而是它的翅膀。人的成熟，不需要靠一切外界的阿谀来获得安全感；不需要靠一切外界的推崇来获得优越感；不需要靠一切外界的褒扬来获得存在感。相信自己，你才能够过好的生活。

好的生活就是不抱怨。光明一直都在，遇到了困难，不要急着去说你别无选择，也许，下个路口就会遇见希望。特别是有时候，人受到一点煎熬其实也是一件好事，这会使你

更加成熟，更懂得珍惜。

　　好的生活是懂得知足。别无视那些在你生命中看似平淡无奇的人和事，因为有一天，当你从沉睡的梦中醒来，你也许就会发现，自己在数着星星的时候，竟然失去了月亮。

　　好的生活就是有自信。你要相信，你活着的每一天，都应该是一个特别的日子。

　　好的生活就是放宽心。有时候，你要学会捂上耳朵，不去听那些熙熙攘攘的声音。

　　遇到重大的困难，有些畏惧，甚至想要放弃的时候，要问问自己：在此之前，有没有任何一件事情，是你尽量努力，全力争取了？所以，尽力去做，不要跟自己妥协，做该做的事情，做好该做的事情。那些让人悔恨的经历，一定是那些退缩、软弱、偷懒、不尽力争取的场景。

　　如果不坚持，到哪里都是放弃。如果这一刻，你在应该坚持的时候不坚持，想着身后总有一步可退，可即便是你退一步，未必就是你要的海阔天空。其实，你只是躲进自己的世界而已，而那个世界也只会越来越小。

有一种成功，叫永不言弃。有一种成功，叫继续努力。记住，你的生活可以简简单单，但不能随随便便。

有些人，走了就是走了，再等也不会回来；有些人，不爱了就是不爱了，再勉强也只是徒然。有些人很幸福，一眨眼，就一起过了一辈子；有些人，手一牵，就一起走过了数十年。

等到你年纪大一点，你会越来越觉得，人生一世，幸福无非是尽心。对自己尽心，对工作尽心，对所爱的人尽心，对父母家人尽心。既然尽心了，便无所谓得失，无所谓成败荣辱，很多事情便舍得下，放得开。

懂得舍，懂得放，信自己，生活才能春风和煦，月明风清。（佚名）

Self-confidence
写给自信 ▎

这世界一半属于男人，一半属于女人，你的生命并不依附于他。你的主角是自己，而他的出现，只是因为你选中了他。如果他离开，你还要将自己的戏分隆重地演下去。

跟那些不同路的人分道扬镳

孩子，如果，生活不幸让你与厌倦的人走在了一起，
而你又做不到形同陌路，那么，就要学会分道扬镳。

一个人，若灵魂受难，最大的可能是，与不在一条道上
的人走在了一起。走在一起还不算，甚或还得一起说笑，一
起用餐，一起共事，一起缠绕在时光中。这是一场痛苦而绵
长的折磨，恍若走在雨里，一身泥泞不说，天还阴沉到看不
见消散的尽头。

混溺于俗人，苟且于小人，顺遂于恶人，活得窝囊不说，
关键是活得狼狈。狼狈到厌倦了还不能说，还得装作逍遥。
就这样，一直憋着，绷着，装着。装得越长久，就痛得越**深**

重。表面看起来，一段段日子被敷衍得流光溢彩，其实，内心早已一步步挣扎到遍体鳞伤。

　　这样做的结果是，到后来，你已不再讨厌那些需要敷衍的人，而是开始讨厌这个始终委曲求全的自己。别人的阴影没走出，又陷入自我的泥淖。

　　如果说，此前是挣扎，此后便是折磨了。因为不愿，所以不甘。不甘却又无法脱身出来，于是就自己厌弃自己。不得不承认，这个世界的好多人，都程度不同地有过这样悲怆的自轻自贱。而真正让人一步一个脚印走向破罐子破摔的，并不是身边多的那些不在一条道上的人，而是心底里始终少一种与这些人分道扬镳的勇气。

　　没有拒绝，就没有成全。同样，没有告别，就没有新生。

　　不在一条道上，原本就不在一个世界。他追逐的，是你远离的；你喜欢的，是他厌弃的。他的春天，是你的冬天；他的温暖，是你的凛冽。原本就不能在一条路上，却要勉强走在一条路上。

爱面子，是一种逞强；碍于面子，是一种懦弱。面子的背后，都是虚荣，而大凡虚荣的东西，最终，都是让灵魂受难。

这个世界，有彼此本不是一条道上的人，却如鱼得水地走在了一起。这样的人，不是因为利益结合，就是为了互相利用。一棵树上的鸟雀，因利益聚，也终必因利益散。在利益那里，最容易养一群见利忘义、逢场作戏的人。

说到底，怀揣光明的人，不能走在阴暗的路上。因为，身体在此岸，灵魂在天涯。一个人，活到身心始终分离，活过的每一天，都会是梦魇的日子。

因为，地狱里，永难见天堂的光。

如果，生活不幸让你与厌倦的人走在了一起，而你又做不到形同陌路，那么，就要学会分道扬镳。

分道扬镳，未必是逃避，也未必是空间上的远离，而是人生的路，你走你的，我走我的，大路朝天，各走一边。不需要往来，也没必要有交集。

　　你玩你的绚烂，我看护我的淡泊；你爱你的热闹，我守我的安静。这样做，看似让自己变得有些寂寥孤远，但从此你的内心会变得清幽干净，而人生，也自会拥有了难得的安然与轻松。（马德）

你的自信从何而来

女儿，你可以不漂亮，但是你可以很温柔、贤惠；

你没必要学富五车，但是你一定要有教养，要有素质。

女人的魅力，很多时候是来自于她由内而外的自信。以下的话，我希望你能做到。

干净清爽。一辈子要像十七岁的女孩子那样干净爽洁，体面的着装，微醺的香水，这是一切修养的基础。

绝不依附于他。这世界一半属于男人，一半属于女人，你的生命并不依附于他。你的主角是自己，而他的出现，只是因为你选中了他。如果他离开，你还要将自己的戏分隆重地演下去。你缺的，只是一个锦上添花的配角，不缺的，是来自自己生命深处的掌声。

　　你可以不够美丽，但必须独具特色。放眼望去，往往都是那些不太美丽，又绝对独具特色的女子，最终磨炼成了魅力女人。

　　退可下得厨房，进可入得厅堂。魅力女人大多数都很会照顾男人。被照顾好了的男人，更懂得欣赏女人、照顾女人，魅力女人也因此获得更为丰饶的发展沃土，更加丰姿卓越。

　　独立自主，但不自以为是。魅力女人，通常有一份让人羡慕的工作，领着不菲的薪水，但她们却常常是小鸟依人状，让男人不由自主地觉得自己很强壮，要将她们好好呵护。

　　学会"自恋"。你要他多爱你，你就要多爱你自己。连自己都不爱的女人，他凭什么来爱你？

　　有一样两样让你着迷的爱好。爱画画、爱写东西、爱摄影、爱旅行……越是长大，你会越知道，有自己的一片天是多么重要。你要让他明白，除了和你在一起，我还有很多开心的事情可以做。

　　好好爱自己，做个自信的女人。女人要有一定的经济地位，这样才会自信，还要有一定的内涵，这样自然就谈吐非凡，自然快乐、可爱幸福。

　　你可以不漂亮，但是你可以很温柔、贤惠；你没必要学富五车，但是你一定要有教养，要有素质。总之，自信的女人来自于内心深处，是由内而外散发出来的光辉。

　　一定要有气质，注意自己的形象。

　　气质由心生，是人内在涵养修养的外在表现，有气质的表现是着装得体，谈吐文雅，行动稳重，举止文明，彬彬有礼，落落大方。但重要的是，保持一颗纯洁善良的心。（佚名）

不必仰望别人，自己亦是风景

孩子，人生如一本厚重的书，

它如果没有主角，因为你忽视了自我；

它如果没有线索，因为你迷失了自我；

它如果没有内涵，因为你埋没了自己的智慧和才能。

　　人，来到这世上，总会有许多的不如意，也会有许多的不公平；会有许多的失落，也会有许多的羡慕。你羡慕我的自由，我羡慕你的约束；你羡慕我的车，我羡慕你的房；你羡慕我的工作，我羡慕你每天总有休息时间。

　　或许，我们都是远视眼，总是活在对别人的仰视里；或许，我们都是近视眼，往往忽略了身边的幸福。

　　据说有这么一则寓言：猪说假如让我再活一次，我要做一头牛，工作虽然累点，但声名好，让人爱怜；牛说假如让我再活一次，我要做一头猪，吃罢睡，睡罢吃，不出力，不流汗，活得赛神仙。

鹰说假如让我再活一次，我要做一只鸡，渴有水，饿有米，住有房，还受人保护；鸡说假如让我再活一次，我要做一只鹰，可以翱翔天空，云游四海，任意捕兔杀鸡。

大千世界，不会有两张一模一样的面孔，彼此之间，总会有着千差万别。同是走兽，兔子娇小而狮虎威猛高大；同是飞禽，雄鹰高飞而紫燕低回。而人，总会有智力、运气的差别；总会受环境、现实的约束；总会有人在你嬉笑玩闹时，解决掉一个难题；总会有人在你熟睡时，回想一天的得失；也总会有人比你跑得快。

正是参差不齐，才构成了这世上一道道亮丽的风景。

很多时候，我们往往不知道，自己在欣赏别人的时候，自己也成了别人眼中的风景。如人所说，你站在桥上看风景，看风景的人在楼上看你。

是的，走在生活的风雨旅程中，当你羡慕别人住着高楼大厦时，也许瑟缩在墙角的人，正羡慕你有一处可以遮风的小屋；当你羡慕别人坐在豪华车里，而失意于自己只能步行时，也许躺在病床上的人，正羡慕你还可以自由行走。

事实上，人生如一本厚重的书，它如果没有主角，因为你忽视了自我；它如果没有线索，因为你迷失了自我；它如果没有内涵，因为你埋没了自己的智慧和才能。

其实，生活中，人没有必要为难自己，质疑自己，有时，你无法很好地理解或学会某样事物，那只是你思考与接收问题的角度不同罢了。每个人都有自己的泪要擦，每个人都有自己的路要走。要记得：冷了，给自己加件外衣；痛了，给自己一份坚强；失败了，给自己一个目标；跌倒了，在伤痛中爬起，给自己一个宽容的微笑继续往前走。

一生辗转千万里，莫问成败重几许，得之坦然，失之淡然。与其在别人的辉煌里仰望，不如亲手点亮自己的心灯，扬帆远航，把握最真实的自己，才会更深刻地解读自己。

透过洒满阳光的玻璃窗，蓦然回首，春暖花开，你何尝不是别人眼中的风景？（佚名）

相信自己的价值

孩子，你唯一的任务，就是不能因拒绝和失败而惊慌，
你的心要坚若磐石，不会因怀疑自我价值而动摇。
你要深深地知道，你值得别人喜欢。

最近，我和你妈妈在谷歌上搜索一个问题的答案。问题
输到一半儿，谷歌就自动列出了当下最热门的搜索选项，而
排在第一位的居然是——"如何保持你对他的吸引力"。

爸爸真的被吓了一跳。相关的文章不计其数，内容都是
教女孩怎样才能性感迷人，什么时候为他送去一杯啤酒、一
块三明治，以及如何让他觉得自己聪明潇洒，与众不同。

浏览了其中几篇，我已经很生气了。

　　宝贝，记住，"让他寄情于你"从来不是，现在不是，永远也不会是你的责任。你唯一的任务，就是不能因拒绝和失败而惊慌，你的心要坚若磐石，不会因怀疑自我价值而动摇。

　　你要深深地知道，你值得别人喜欢。同时，如果你还能牢牢记住其他人同样值得别人喜欢，那么，你的人生就已经成功了一大半。

　　如果你能这样，那么你将真正变得有魅力：你会吸引一个男孩儿，他能够关心你，并且会倾其一生，全心全意地爱你，不离不弃。

　　孩子，我还想告诉你，如果一个男孩儿不需要你保持你对他的吸引力，那是因为，对他而言，你永远充满魅力。

　　我不在乎他用餐时的仪态是否文雅，只要他的目光一直追随着你，即使你因微笑鼻子发出声音，他还是凝望着你。

　　我不在乎他是否能陪我打高尔夫，只要他能和孩子们打闹嬉戏，并且醉心于你和孩子们的相像——你们都是那样可爱却又那样调皮，傻里傻气。

我不在乎他是否努力赚钱，只要他能听从自己的心，他的心总会指引他去爱你。

我不在乎他是否强壮，只要他能为你提供空间，让你磨炼心力。

我丝毫不在乎他把选票投给谁，只要他每天清晨醒来，视你为整个家的荣耀，在心底敬重着你。

我不在乎他的肤色，只要他用耐心、奉献、温柔与体贴的笔触为你们的生活之帆着色。

我不在乎他的宗教信仰，只要他从小被教育要珍视神圣，要懂得生活的每一瞬间，尤其是和你在一起的分分秒秒，都是极为神圣的时刻。

我的小甜心，如果偶然间你遇到了这样一个男人，即使我们俩没有其他任何共同之处，可我们却共同拥有一件最珍贵的东西，那就是你。

最后，我的宝贝儿，如果你想让他"一直爱你"，你唯一要做的，就是做你自己。

永远爱你的男人：爸爸

(凯勒·M.弗拉纳甘)

养好你的大气

孩子，大气是让人感觉敬重而不是敬畏。

对朋友忠诚，对父母孝顺。

站在一定的高度而从不让别人感觉你的高度，

更能赢得别人的刮目相看。

人，贵在大气，要养好你的大气。

大气是一种自信。要告诉自己并且真的相信，真正懂你的人，绝不会因为那些有的、没有的而否定你。

别在意别人在背后怎么看你说你，因为这些言语改变不了事实，却可能搅乱你的心。心如果乱了，一切就都乱了。

理解你的人，不需要解释；不理解你的人，不值得你解释。要相信，日久不一定生情，但一定见人心。

　　大气是谈吐得体，处世自然，态度平和，不急躁，不懈怠。

　　大气的人，总能高屋建瓴地看待问题，让人感觉厚重，不轻不浮。就像一本好书，让人荡气回肠，无论从何种角度去看，都不会感觉索然无味，一旦读起来让人爱不释手。

　　大气是一种人格魅力，相信自己没问题。

　　大气是一种忍让，不轻易拿别人的浅薄，挑战自己的涵养。

　　大气是一种淡泊。金钱名利浮云过，我心自有明月在。站起来堂堂正正，倒下去摔成八瓣，绝不藕断丝连。放弃时毫不犹豫，追求时持之以恒。

　　大气是让人感觉敬重而不是敬畏。对朋友忠诚，对父母孝顺。站在一定的高度而从不让别人感觉你的高度，更能赢得别人的刮目相看。沉淀自己，多思考，多学习，内心永远不要放弃，能跳多高就跳多高，能走多远就走多远。

　　大气是一种谦虚。不轻视任何人，多从别人身上找自己的短处，不盲目崇拜任何人，但很善于多学习别人的长处。

大气是一种态度。孔子见齐景公面不改色，都是平常人，心中没有神，见贤思齐，而不是惧贤，时刻保持自己的人格和尊严。

大气是一种境界。海到无边天作岸，山登绝顶我为峰。

大气是一种财富。和自己身体结合在一起，谁也拿不去，爆发出来让别人叹为观止，隐藏起来让你从容立世。

大气是一种修养。发怒时要看看发怒的对象是谁。可以和有些人发火一万次，而不要和一个乞丐发一次怒。

大气是一种深度。别人可以猜测不到你内心有多深沉，但永远不要让别人对你抱有怀疑和敌对心理。

做到真正的大气很难，如果做到，你就成功了。（科德）

喜欢一个人，就要相信自己配得上他

女儿，作为女孩子，不要缺乏自我的价值感，
一定要相信，自己配得上一个优秀男人的爱。

　　孩子，如果你喜欢一个男孩子，你一定要相信自己配得
上他，这是你们平等恋爱的最大前提。你要相信，你能得到
的，都是你有资格拥有的。

　　女孩子，一定要有充分的自信，不要缺乏自我的价值感。
软弱、悲观，既想拥有美好的东西，又战战兢兢、惶恐不安，
这样的女孩子，总是会在无助中彷徨。遇见了一个令自己心
动的男孩子，却只能拿着对方所给的名片，在心里一再暗自
哀叹。

　　在你内心深处，有个声音在对你说，他太优秀，也许你

配不上他；也许，他给你名片，只是出于礼貌，或者是为了工作需要。而你宁愿试图说服自己，说自己配不上他，也不愿意鼓起勇气，去给他打一个电话。

其实有时候，女人容易太相信自己的直觉，然而直觉也会出错。其实，那个男人可能不敢贸然去追她，正在等她的电话也不一定。

一个内心不相信自己的女人，即便建立了恋爱关系，也会在这段关系中处于不平等状态。她会觉得他比自己优秀好多。她会处处讨好他，放低自己。这样的结果，只会让他变得更加骄傲，越发不珍惜她。

所以，作为女孩子，一定要相信，自己配得上一个优秀男人的爱。这不算是想入非非，上天是公平的，你能得到的，就是你应得的，值得的。（佚名）

告诉自己，今天是最好的一天

孩子，遇到别人不公正的评论，

只要不伤及你个人的尊严，那就让他说去吧！

人生百态，各具千秋，如同蹩脚的喜剧，什么角色都缺少不了，

持"平常心"就好。

孩子，有时候，人的自信是需要自己给的。

从清晨睁开眼的时候起，你就要学着对自己说："今天是最好的一天！"不管昨天发生了什么事，都已成为过去，无法改变。要告诫自己，不要让昨天的烦恼影响到今天的好心情，一切从现在开始吧！用最美的心情迎接每一天。

记住，不要总和别人比，否则活得会很累。

人最大的敌人就是自己，所以，和别人比不如和自己比，只有和自己比，才更有知足感和自信心。不要总是拿别人的

标准来衡量和折磨自己，这样只会助长他人威风，贬低自己实力。

　　遇到别人不公正的评论，只要不伤及你个人的尊严，那就让他说去吧！人生百态，各具千秋，如同蹩脚的喜剧，什么角色都缺少不了，持"平常心"就好。别人说得对，你认真接受，说得不对，你就当他是背台词，视而不见，听而不闻，不必放在心上。

　　当你工作的时候，不管有多繁忙，压力有多大，都不要抱怨，不要带着怨气去开始新一天的工作和生活，这样，你一天的心情也会受影响。在这个世界上有那么多的人，如果你事事都和他们计较，怎么会有好心情呢？

　　人，总是要有一个好的心态，才能活得轻松自在。哭，是一天，笑，也是一天，用最美的心情迎接每一天吧！（佚名）

给自己一个微笑

孩子，人生最重要的不是得失，
而是拥有一颗善待自己的平常心。
真正的勇敢者，不是没有眼泪的人，
而是含着眼泪依旧能微笑奔跑的人。

孩子，以下是我人到中年之后的些许感悟，讲与你听吧。

人生有太多的遇见，擦肩而过是一种遇见，刻骨铭心也
是一种遇见。有很多时候，看见的，消失了；记住的，遗忘
了。无论在对的时间遇见错的人，还是在错的时间遇见对的
人，对于心灵，都是一次历练。

婚姻是用来经营的，生活是用来成长的，智慧是用来飞
翔的，眼泪是用来坚强的，流年是用来回忆的，幸福是用来
珍藏的。沧桑或许会催老了人的容颜，但是经历，永远是人

生中一笔无价的财富。

这世界并不是所有的东西都符合想象，许多人，走着走着就散了；许多事，看着看着就淡了；许多梦，做着做着就断了；许多泪，流着流着就干了。人生，原本就是风尘中的沧海桑田，只是，回眸处，世态炎凉演绎成了苦辣酸甜。

一场磨难是一场洗礼；一场伤痛是一场觉醒。走过、累过、哭过，才会成长；痛苦过、悲伤过、寂寞过，才会飞翔。逐一亲身经历之后，你也才更懂得珍惜。

所谓的天真，总是历练不够；所谓的成熟，只不过是泪水在眼眶里打转，也还会面带微笑。爱的时候，让他自由，不爱的时候，让爱自由。

这世界上，有一种心情叫承重，举得起放得下的叫举重，举得起放不下的叫负重。用加法的方式去爱人，用减法的方式去怨恨，用乘法的方式去感恩。人生最重要的不是得失，而是拥有一颗善待自己的平常心。

有些人，注定是等待别人的；有些人，注定是被人等的。

一件事，再美好，你做不到，也只能放弃；一个人，再留恋，不属于你，也要离开。

每个人的生命都免不了缺憾，最真的幸福，莫过于一杯水、一块面包、一张床，还有一双无论风雨，都和你十指相扣的手。

难过的时候，给自己一个微笑，那是一份洒脱；吃亏的时候，给自己一个微笑，那是一份淡然；失败的时候，给自己一个微笑，那是一份自信；被误解的时候，给自己一个微笑，那是一份大气；无奈的时候，给自己一个微笑，那是一份达观；痛苦的时候，给自己一个微笑，那是一份解脱。

真正的勇敢者，不是没有眼泪的人，而是含着眼泪依旧能微笑奔跑的人。（佚名）

做最好的自己，才能碰见最好的别人

孩子，自己带着猜忌、怀疑甚至戒备之心与人相处，

就难免得到别人的猜忌与怀疑。

但是，带着自信，带着希望，结果就会不一样。

上帝是公平的，他会给每个人的生活出上一道又一道的难题，而每当你又迈过一道坎的时候，你回顾走过的路，会觉得一切都是值得的。

有一个年轻人去买碗，来到店里他顺手拿起一只碗，然后依次与其他碗轻轻碰击，碗与碗之间相碰时立即发出沉闷、浑浊的声响，他失望地摇摇头，然后去试下一只碗。他几乎挑遍了店里所有的碗，竟然没有一只满意的，就连老板捧出的自认为是店里碗中精品，也被他摇着头失望地放回去了。

老板很是纳闷，问他老是拿手中的这只碗去碰别的碗是什么意思，他得意地告诉老板，这是一位长者告诉他的挑碗的诀窍，当一只碗与另一只碗轻轻碰撞时，发出清脆、悦耳声响的，一定是只好碗。

老板恍然大悟，拿起一只碗递给他，笑着说："小伙子，你拿这只碗去试试，保管你能挑中自己心仪的碗。"他半信半疑地依言行事。奇怪！他手里拿着的每一只碗都在轻轻地碰撞下发出清脆的声响，他不明白这是怎么回事，便问其详。

老板笑着说，道理很简单，你刚才拿来试碗的那只碗本身就是一只次品，你用它试，那声音必然浑浊，你想得到一只好碗，首先要保证自己拿的那只也是只好碗……

就像一只碗与另一只碗的碰撞一样，一颗心与另一颗心的碰撞，需要付出真诚，才能发出清脆悦耳的响声。

自己带着猜忌、怀疑甚至戒备之心与人相处，就难免得到别人的猜忌与怀疑。但是，带着自信，带着希望，结果就会不一样。

　　其实，每个人都可能成为自己生命中的"贵人"，前提条件是，你应该与人为善。你付出了真诚，就会得到相应的信任，你献出爱心，就会得到尊重。

　　反之，你对别人虚伪、猜忌甚至嫉恨，别人给你的，也只能是一堵厚厚的墙和一颗冷漠的心。

　　每个人的生命里都有一只碗，碗里盛着善良、信任、宽容、真诚，也盛着虚伪、狭隘、猜忌、自私……只有剔除碗里的杂质，然后微笑着迎接另一只碗的碰撞，才能发出清脆、爽朗的笑声。

　　做最好的自己，才能碰见最好的别人。（妙音）

Frustration
写给挫折 ▐

人生最大的失误不是陷入绝境，而是对脱离绝境的彻底绝望。要始终抱有坚定的信念：人生最美的风景、生活最大的惊喜，总是被遗忘在那最深的绝望处。

学会劝解自己

孩子，无论到了什么时候，千万别干傻事，
你的生命是父母给的，而你也只拥有一次。

人活在世上，不可能事事尽如人意，遇到困难和烦心的事情，不妨多想想下面这些话，试着自己开导、劝解自己。

别担心，一切都会好的。

无论多么糟糕的东西，世界都为其预留了位置。相信雨点不会单单只落在你一个人的屋顶上。相信你自己，相信大千世界总有属于你的角落。拥有积极乐观的态度，是解决和战胜任何困难的第一步。

别害怕，天是不会塌下来的。

　　这个世界上，有些东西值得你去冒一次险，而人所面临
的最大恐惧，有时候其实是自己给的。甚至你越害怕，就越
说明它值得你去做，去冒险，而这种恐惧通常也只有你自己
才能克服。其实说到底，事情的最坏结果就是碰钉子，碰一
回钉子，长一分见识，增一分阅历。天塌不下来，没什么大
不了。

　　别后悔，谁都会做错事。
　　世界上没有永远不犯错误的人，做错事，别光顾着后悔，
后悔是一种耗费精神的情绪，后悔是比损失更大的损失，比错
误更大的错误。要勇敢地去做，不要害怕出错，没什么大不
了。坦白地说，有许多人希望你会被自己的错误所击败。每一
种创伤，都是一种成熟 。

　　别失望 ，机会还会有的。
　　人之所以能，是相信能。一个人最大的破产是绝望，最
大的资产是希望。尽管生活很多时候看似有些不公，但是，
不要抱怨，要努力地适应它。创造机会的人是勇者，等待机

会的人是愚者。如果天上会掉馅饼，那也会掉在把头昂起来的人嘴里。人生充满了尝试与错误。一次失败不代表你就出局了。

别放弃，坚持就有希望。

你可以不拥有任何东西，除了对生活的激情和对未来的希望，别轻易地放弃了不该放弃的。记住，人生只有一条路不能选择，那就是放弃的路；只有一条路不能拒绝，那就是成长的路。

别生气，要宽宏大量。

好脾气、好心态，是人在社交中所能穿着的最佳服饰。生气是拿别人的错误来惩罚自己，宽容是人与人相互理解和信任的桥梁。乐观的心态来自宽容，来自大度，来自善解人意，来自与世无争。

别勉强，顺其自然就好。

有时候，人生就像是在掘一口井，即便你已经很努力了，

但是未必有水出来。生活中的很多事都是这样，可能你经过
再多的努力都无法达到。因为一个人的能力毕竟是有限的，
还要受各种条件的限制，只要自己努力过、争取过，就不必
把结果看得那么重。有些事，实在办不到，就不要勉强。

　　别绝望，生活还是美好的。

　　在短暂的人生岁月中，谁都会碰到生离死别的揪心事。
伤心和委屈的时候，你可以号啕大哭，哭完后，洗干净自己
的脸，拍一拍，对着镜子，露出一个微笑给自己看。告诉自
己，好好生活。

　　无论到了什么时候，千万别干傻事，你的生命是父母给
的，而你也只拥有一次。（佚名）

把微笑送给打击你最深的人

孩子，感谢那些曾经让我们跌了一大跤的朋友，

因为，成功是来自贵人的提携，也来自小人的激励，

若没有重重跌倒过，就不会想要风风光光再站起来。

打击你最深的人，一定是你的敌人？错了，他也许是你最该结交的朋友。

打击你最深的人，就一定是负面的？你又错了，他可能造就一个更加坚强的你！

人生到底是上升或者下坠，完全取决于你如何看待人生。倘若在遭受打击时，仍能体会到生命的美好之处，当你细细品味痛苦的滋味、慢慢咀嚼失意怅惘之时，永远没有忘记这种刻苦铭心的感受，那时，如果你能化挫折为动力、化困境

为动能，那些打击你的人，就是上天给你的最好礼物，更是上天给你最好的历练和成全。

其实，我们都应该学会感恩，感谢那些曾经让我们跌了一大跤的朋友，因为，成功是来自贵人的提携，也来自小人的激励，若没有重重跌倒过，就不会想要风风光光再站起来。

跟逆境干杯，向敌人致敬。只有面对挫折时，还能够微笑以对，在困境中学会了感谢，你才能挣脱人生的困境，走向更好的未来。

微笑，送给打击你最深的人，告诉他，你没有被打倒，而且活得很好。

微笑，送给打击你最深的人，感谢他的栽培与滋养，让你能活得更有勇气和智慧。

微笑，给打击你最深的人，你的成长，就是对他最好的"赞美"；你的微笑，就是对他最好的"祝福"。

真正有价值的人，是在逆境中还努力微笑的人。（佚名）

在最深的绝望里，一定有最美的风景

孩子，失望的尽头总会有新的希望产生，

乌云的背后一定藏着太阳，风雨之后才会有彩虹。

在最深的绝望之中，永远隐含着希望。

在人生的道路上，即使一切都失去了，只要一息尚存，你就没有丝毫的理由绝望。因为，在绝望的尽头，一定有希望在等候。

有人曾说：我掉入井中，在最深的绝望里，却抬头看到了满眼的星光。

生活总是有着接二连三的困难，让你疲惫甚至绝望。其实，只要换个姿态来看待，你会发现，即使身处绝望，你的周围还是会有最美的风景。就像绝壁上的花朵，永远比寻常

的更为妖娆。无论如何，都不要轻易放弃和绝望，因为也许
抬起头的瞬间，便可以发现满眼的星光。

　　人生从来就不会一帆风顺。当我们一无所有，当我们什
么也抓不住的时候；当我们对于人生失去信心，对于自己已
经不抱任何希望时，这一切似乎总能让我们感到无助和悲伤，
甚至变为绝望。

　　实际上，我们之所以感觉到希望已无处寻觅，也许只是
我们从来不曾寻觅生活的希望。

　　其实，绝境中常常别有洞天：在那最深绝的悬崖缝底，
往往会是"一线天"的人间至景；在那最罕无人烟的大漠戈
壁，则会有长河落日的气势磅礴；在那壁立千仞的峭壁上，
总有那最妖娆的未名之花。

　　绝望并不是荒芜，也不是空洞，它不曾将一切隔绝，只
是你未曾发现其中的美。

　　失望的尽头总会有新的希望产生，乌云的背后一定藏着

太阳，风雨之后才会有彩虹。在最深的绝望之中，永远隐含着希望。

世界上没有绝望的处境，只有对处境绝望的人。

生活之所以陷入绝望，不是因为阳光被乌云困住了脚步，而是我们未曾挪动步子去打开窗户，也从未想过窗户外的阳光、空气以及美丽风景。

人生多走一步、少走一步，表面上也许并没有什么，但往往是这一步，决定了天堂和地狱的界限。当你看不到方向，也看不到未来时，不要轻易放弃希望，也许在下一秒，你的人生就会有转机。

人生的路深深浅浅，幸福的门开开合合，我们常常会觉得自己已经走到了无路可走的绝望境地，不会有那峰回路转，没有那柳暗花明。其实，人生最大的失误不是陷入绝境，而是对脱离绝境的彻底绝望。

要始终抱有坚定的信念：人生最美的风景、生活最大的惊喜，总是被遗忘在那最深的绝望处。（佚名）

学会放下

孩子，现在的你已经成年，在你人生的字典里，
应该好好学学"放下"这两个字。

放下自卑。把自卑从你的字典里删去。不是每个人都可以成为伟人，但每个人都可以成为内心强大的人。相信自己，找准自己的位置，你同样可以拥有一个有价值的人生。

放下面子。有时候我们低头，是为了看准自己走的路。很多人认为，自己已经过得还可以，不愿意去尝试新鲜的事物，很多东西都放不下，拉不下这个脸，最终死在面子上。

放下压力。累与不累，取决于自己的心态。心灵的房间，不打扫就会落满灰尘。扫地除尘，能够使黯然的心变得亮堂；

把事情理清楚，才能告别烦乱；把一些无谓的痛苦扔掉，快乐就有了更多更大的空间。

放下过去。放下过去，你才能过得更幸福！努力地改变你的心态，调节你的心情。学会平静地接受现实，学会对自己说声顺其自然，学会坦然地面对厄运，学会积极地看待人生，学会凡事都往好处想。

放下懒惰。奋斗改变命运，绝招就是把一件平凡的小事做到炉火纯青。记住提醒自己，上进的你，快乐的你，健康的你，善良的你，一定会有一个灿烂的人生。

放下消极。绝望向左，希望向右。如果你想成为一个成功的人，那么，请为"最好的自己"加油吧，让积极打败消极，让高尚打败鄙陋，让真诚打败虚伪，让宽容打败褊狭，让快乐打败忧郁，让勤奋打败懒惰，让坚强打败脆弱，让伟大打败猥琐……

只要你愿意，你完全可以一辈子都做最好的自己。没有谁能够左右胜负，除了你。你自己的战争，你才是将军。

　　放下抱怨。与其抱怨不如努力。所有的失败都是为成功做准备。抱怨和泄气，只能阻碍成功向自己走来的步伐。放下抱怨，心平气和地接受现实，才是智者的姿态。

　　抱怨无法改变现状，拼搏才能带来希望。真的金子，只要自己不把自己埋没，只要一心想着闪光，就总有闪光的那一天。不要总是烦恼生活，不要总以为生活辜负了你什么，其实，你跟别人拥有得一样多。

　　放下犹豫。认准了的事情立即行动，不要优柔寡断。选准了一个方向，立即行动，是所有成功人士共同的特质。如果你有好的想法，那就立即行动吧；如果你遇到了一个好的机遇，那就立即抓住吧。

　　放下狭隘。心宽，天地就宽。宽容是一种美德。宽容别人，其实也是给自己的心灵让路。只有在宽容的世界里，人，才能真正幸福。

　　放下怀疑。心存疑虑，做事难成。用人不疑，疑人不用。不要以自己的怀疑，认定他人的思想，不要猜疑他人，否则只会影响彼此间的情谊。

　　人生就是一次旅行，从一个梦想走向另一个梦想，从一处遥远走向另一处遥远。让自己好好活着，本身就是一种对于生活的解释。（佚名）

命运不会偏爱谁，就看你能坚持多久

孩子，人生是一场漫长竞赛，

有些人笑在开始，有些人却赢在最后。

命运不会偏爱谁，就看你能坚持多久。

　　生命的旅途，苦与甘，悲与欢，自己感受；是与非，曲与直，自己体会。

　　这个世界，没有谁活得比谁更容易，只是有人在呼天喊地，有人在静默坚守。等待是人生最初的苍老，放弃是命运最糟的堕落。若前行，别怕痛，有些伤是绚丽你的勋章；若拥有，莫惧失，聚散不过是浮生中的轮回。

　　水再浑浊，只要长久的沉淀，依然会分出澄清；人再愚钝，只要足够努力，一样能改写命运。

不要抱怨出身不好，不要担心起点太低，那只是你站立的原点。人生是一场漫长竞赛，有些人笑在开始，有些人却赢在最后。命运不会偏爱谁，就看你能坚持多久。

时间能彻底改变一个人，包括性格、能力、修养、气质。所以，你得主动起来，因为机会是给那些喜欢它的人所准备着的，而在喜欢的前提下，你必须能够驾驭它。想抓住更好的机会，那就要主动。

敢想的人与不敢想的人，是来自两个极端的人群，前者要比后者生活得更为充实，而且，敢想的人永远在推动着自己进步。但是除此之外，你必须行动起来，带着微笑前行，这样才会创造出属于你的最大价值。

不管别人看待这个世界有多丑陋，有多肮脏，但是，你要相信，上天对待每个人都是公平的，上帝给了你的，你不珍惜，那是另外一回事，并不是你没有机会。

想想看，如果一个人，大学四年，专业课经常逃课，不是上课睡觉，就是躲在宿舍玩游戏，荒废了四年。毕业后，只能迎来有机会、没能力的日子，面对机会，只能眼睁睁地被别人拿走。

你要相信，世界是公平的，命运不会偏爱谁，就看你能坚持多久。

不要去抱怨社会对你的不公平，你要想，当你走进麦当劳的那一瞬间，世上还有多少人在忍饥挨饿。当你在办公室吹着空调时，还有很多人，在风吹日晒中扛起一块碎石墙板。

其实，只要好好活着，健健康康，快快乐乐，这已经是社会对你最大的公平。（佚名）

人生是条河，深浅都要过

孩子，人生在世，草木一秋。

不管是快乐的时光，还是悲伤的瞬间，时间都在不急不慢地前进着，

不会为谁的留恋而多做停留，也不会因谁的厌倦而加快脚步。

人生是条无名的河，是深是浅都要过；人生是杯无色的茶，是苦是甜都要喝；人生是首无畏的歌，是高是低都要和。轻松地对待自己，微笑着对待生活。

有些东西，你得不到，所以你会痛苦。可得到了，却又觉得不过如此，你也会觉得痛苦，然后放弃。当你轻易地放弃了，后来却发现，原来它在你生命中是那么重要，所以你还是觉得痛苦。但是，如果把苦难视为苦难，那它就真的是苦难了。

不要悲观地一味嗟叹自己运气很不好，其实，比你更糟的人还很多；不要乐观地认为自己很伟大，其实，你也只是沧海之一粟，多年之后，终究逃不过物是人非。别人的缺点不要去宣扬和放大，自己的优点不要天天去欣赏和欢呼。人誉我谦，又增一美；自夸自败，又增一毁。无论何时何地，人永远都应保持一颗谦卑的心。

人生一世，草木一秋。不管是快乐的时光，还是悲伤的瞬间，时间都在不急不慢地前进着，不会为谁的留恋而多做停留，也不会因谁的厌倦而加快脚步。

一年老似一年，一日过去便没了一日。人世间有许多无奈，阻挡不住时光的流逝，也关不上记忆的大门。不管你拥有什么，拥有多少，拥有多久，都只不过是拥有极其渺小的瞬间。每一天，每一刻，都是结束，也都是开始。

人间是一出大大的戏剧，每个人都在扮演着不同的角色。有的人常常扮演主角，有的人常常扮演配角，有的人从主角跌落到配角，有的人从配角上升为主角。这往往不是人自己

可以选择的。但是，不论扮演什么样的角色，人都不能忘记自己人生的原始起点，都不能迷失自己的本质。（延参法师）

与不完美的生活和解

孩子，真正舒适的、好的生活，
前提就是你必须承认生活是不完美的，
换一种心情或换一种眼光看世界，
那些你不曾领略过的美好才会扑面而来。

很多时候，人要试着承认生活是不完美的，并与它和解，
不能总想着与生活死磕。

与不完美的生活和解，你才不会怨天尤人。

就像看待生活的眼光，在同一片天空下，抑郁的人看到
的是阴天，乐观的人看到的则是晴天。前者的内心是不安宁
的，固执己见，不懂得感激已经拥有的一切，一点点小事、
别人的一点点小毛病都会令其感到烦恼。

　　其实，这样的举动常常是自己跟自己过不去，这些人的一生注定是一场败仗。真正舒适的、好的生活，前提就是你必须承认生活是不完美的，并且与它和解。很多时候，我们虽然无法改变生活，却能改变自己的人生态度。换一种心情或换一种眼光看世界，便能从世界的 A 面看到 B 面，那些你不曾领略过的美好才会扑面而来。

　　相对今天，除此以外的任何日子都不是真实的。过去的已经过去，未来还未可知。无论昨天或者过去发生了什么，也不管明天将会发生什么，当下才是你所在的地方。如果浪费生命去想象或忧虑各种事情，结果其实很简单，那便是，你将变得焦虑不安、郁闷沮丧、了无希望。

　　很多事情需要努力，但同样，有些事情光靠努力是不够的，还需要你有足够耐心，那可能比你东一榔头西一棒子地寻找更重要。

　　有一天你一定会发现，其实，耐心是那种食髓知味的东西。日子久了以后，你就会变成一个很有耐心的人，而你的人生也将过得不急不躁，一切刚好。（悠悠）

做人要能屈能伸

孩子，你要记住：

弯曲不是妥协，而是战胜困难的一种理智的忍让；

弯曲不是倒下，而是为了更好、更坚韧地挺立；

弯曲不是毁灭，而是为了退一步海阔天空，

是为了让生命锻炼得更坚强。

　　人们常说："做人要能屈能伸。"因为，不能弯曲的树易折，不会弯曲的人常败。

　　因为懂得弯曲，小草以一种以柔克刚的精神冲出了乱石的阻挠，从石缝中茁壮成长；因为懂得弯曲，雪松以一种坚韧顽强的意志百折不挠地抵抗住了积雪的重压，在恶劣的生存环境中逆势独存。

　　因为有了弯曲的盘山大道，我们可以顺畅地攀登上无比的高峰；因为插秧时的弯腰，才有了秋天的收获；因为起跳时的屈膝，才会有成功的飞跃。

　　弯曲，就是在生命不堪重负的情况下，像小草和雪松那样适时有度地灵活，低一下头，躬一下腰。只有这样，才不会被压垮，人生之旅才能伸缩自如，如鱼得水，步履稳健，重新挺立。如果一个人说话懂得弯曲，就算是反驳与批评，也将变得委婉动听，让人欣然接受。

　　如果一个人做人懂得弯曲变通的智慧，就等于懂得了妥协或退却，也是一种以退为进的策略，令人敬畏，使你更坚韧顽强、百折不挠；如果一个人做事懂得弯曲变通的智慧，就算是付出和放弃，也将变得曲直有度，终将事成。

　　加拿大魁北克省有一条南北走向的山谷。山谷没有什么特别之处，唯一能引人注意的是它的西坡长满松、柏、女贞等树，而东坡却只有雪松。对于这一奇异景色之谜，许多人不知所以。

　　原来，由于特殊的风向，东坡的雪总比西坡的大且密，下雪时，雪松上就落了厚厚的一层雪。不过当雪积到一定程度，雪松那富有弹性的枝丫就会向下弯曲，直到雪从枝上滑落。这样反复地积，反复地弯，反复地落，雪松完好无损。

可其他的树，却因没有这个本领，树枝全被压断了。

　　这就是弯曲的力量，对智者而言，它是一种弹性的生存方式，是一种生活的艺术和境界，是智者的一种必然选择。

　　你要记住：弯曲不是妥协，而是战胜困难的一种理智的忍让；弯曲不是倒下，而是为了更好、更坚立；弯曲不是毁灭，而是为了退一步海阔天空，是为了让生命锻炼得更坚强。

　　人生始终是一种体验的过程，冷暖自知。懂得了弯曲的智慧，你可以拥有对于厄运的一种快乐的态度；懂得了弯曲的智慧，你可以用更高的智慧看清人世的沧桑；懂得了弯曲的智慧，你也就学会了如何更好地保护自己。（佚名）

向前走，走过不属于你的风景

孩子，有些风景，你只能是路过，只能是欣赏，
然后，你要继续向前，走好自己的路。

人这一生，要走很长很长的路，沿途必定要经过很多风景，其中当然不乏让你怦然心动的美丽风景。但你要清楚，不是所有你喜欢的风景都能属于你。有些风景，你只能是路过，只能是欣赏，然后，你要继续向前，走好自己的路。

也许，这是你第一次遇到这么美丽的风景，这里的鸟语花香、风和日丽让你产生了错觉，以为这就是你寻寻觅觅终于找到的港湾，你想在这里放松身心、休养生息。

但是，你要知道，这里也会有季节的变化，也会终究抵

不过时间最残酷的脚步。

　　也许，即使这样你也不忍离去，你舍不得那曾经的美好。你幻想着，春风能再次吹开那爱的花朵，让灿烂的阳光再次温暖你的心。

　　但是，这也许也只是你的一厢情愿，你再怎么努力，也是唤不回春天的。因为，这里的风景原本就不是属于你的，你不可能拥有它。你只是路人，是过客，这里只是你人生旅途中的一个驿站，不是港湾。

　　不要心生怨恨，对于这里的风景，你应该心存感激，感激它曾带给你的快乐和美好，感激它曾让你的生命长河中泛起一朵浪花，感激它让你的记忆里多了一幅美丽的图画。

　　所以，收拾好心情，向前走，走过这美丽的但不属于你的风景。当然，你可以将它默默珍藏，珍藏在你心灵的一个角落。也许，在多年以后某个闲暇的午后，当你突然想起这段经历，想着这曾经的风景，你的嘴角会因它浮现出一丝微笑。这美好的回忆，便是它于你的全部意义。 （佚名）

挫折即是转折

孩子，我希望，在你那里，只有挫折，没有挫败，

小的挫折是小的转折，而大的挫折也将是大的转折。

什么是挫折？挫折的意思就是一个人受挫后，就会出现转折。如果一个人受挫后不能转折而被打倒，那才是挫败。我希望，在你那里，只有挫折，没有挫败，小的挫折是小的转折，而大的挫折也将是大的转折。

个人有个人的命运，任何人也不能左右你的命运，连爱因斯坦也说："上帝不掷骰子。"在你的经历中，顺利和挫折、光荣和耻辱、成功和失败，都是你命运的一部分，对你人生都是有意义的，不是偶然、随意的事，也不是撞大运。

　　挫折、耻辱、失败对于一个人成长是非常重要的，因为
它可以激发一个人的斗志，如果没有经历任何考验，人只不
过是空壳而已。一个人一生中总会遇到一些打击、挫折、失
败、困扰和苦难，如果你被它打倒了，你将一事无成。如果
你能战胜它、超越它，那它就是你进步的阶梯，你的财富。

　　这些打击和挫折，就如同别人射了你一箭，对这一箭，
可以有两种态度：一种是别人射了你一箭，你为此感到愤愤
不平，耿耿于怀，长期在这种情绪中不能自拔。这等于自己
又向自己射了无数箭。别人的箭射到了你身上，你自己的箭
射在心中，而这一箭，可能会毁掉你的一生。
　　另一种态度是，一箭就是一箭，自己不向自己射第二箭。
这种做法表明你可以毁掉我的过去，但是我绝不让你毁掉我
的现在，更不能让你毁掉我的将来。

　　人，总是会在矛盾中挣扎，在痛苦中抉择，有笑有泪，
有取有舍，这就是人生，这就是命运。
　　不管事态怎么改变，其实主宰命运的一直是我们自己，

不管是心有所向，还是迫不得已，那都是你的抉择。这个世上本来就没有什么救世主，如果自己不想着超越，没人帮得了你。（佚名）

爱情，是生命里的一抹春光。有乍暖还寒的起伏，有无限春光的旖旎，有万紫千红的绚烂，好好感受就好。永远不要对生命失望，不要对爱情失望，不要对幸福失望。

别让爱你的心冷掉

孩子，爱，不是寻找一个完美的人，
而是学会用完美的眼光，欣赏一个并不完美的人。

儿子，要走进一个人的心里，光有喜欢和爱是不够的，你必须试着懂她。要懂她逞强里的柔弱，给她精神上的支撑；要懂她快乐里的忧伤，给她所需要的呵护；要懂她的蛮横不讲理，准确回应她眼中的期盼；要懂她心路走向何方，做好准备，和她风雨同舟一起走。实际上，她的要求其实并不多，只是想找一个完全懂她的伴。

不要把自己的快乐建筑在别人的痛苦之上，不要认为自己最聪明，把别人都当傻子。她不说，不代表她不知道，她不计较，不代表她就不在乎。

爱情是不可以望梅止渴的，所以，不要让一个女人适应孤独，一旦她适应了，也就不再需要你了。一个男人，你愿意给女人多少时间，就说明你有多爱她。一个男人条件再好，没有时间陪她，对她也是多余的。

两个人的世界，不怕吵架，怕冷漠。冷了一个人，也冷了两颗心。一道菜凉了可以再热，一颗心若凉了就很难再热，而更可怕的是一热再热，那颗心总会变得七零八碎。老天给了你们一颗心，是要你们用来爱的，不是用来伤、用来恨的。

真正会让女人失望的，并不是你没有钱，而是在你身上看不到任何一丝希望。永远不要低估一个女人和你同甘共苦的决心，但前提是你要拿你的真心来换。

有时候，道歉其实并不意味着你是错的，只是意味着你更珍惜你们之间的关系。爱，不是寻找一个完美的人，而是学会用完美的眼光，欣赏一个并不完美的人。专一不是一辈子只喜欢一个人，是喜欢一个人的时候一心一意。　（佚名）

现实的爱情观会让你更幸福

女儿，男人如何有钱，那是他的，不是你的。

你应该重视的，是他对你好不好，是他的素质，是上进心。

不要想着找一个人人都羡慕你的高富帅做男朋友，即便你遇到了，即便你足够优秀，那样的感情总有着太多的不确定，你会很累，受伤的可能性也更大。

男人如何有钱，那是他的，不是你的。你应该重视的，是他对你好不好，是他的素质，是上进心。

帅，看起来虽然养眼，但绝不是理想男人的第一标准。不要一心找你理想中的什么帅哥，为什么不考虑一下你身边知道珍惜你的人？再帅再有钱，那可能也是暂时的，只有真

心对你好，在心中发誓要让你比谁都幸福的男人，才会给你
下半生的幸福。

真正喜欢你的男人，喜欢看你的文字而多于看你的照片，
他想了解你的内心多一些，而不仅仅是外表。

对于三天一条信息都没有给你发的男人，对于总是忘记
某些重要日子的男人，考虑离开他。相信你应该很清楚，他
其实没有你想象的那么在乎你。

不断给自己充电、学习，只有外表但没有内涵的女生仍
然不是美的。你要有养活自己的能力，靠男人养，无论他怎
样爱你，终有一天你会抬不起头。

甜言蜜语，偶尔听听可以，别把它当成男人的必修课。

不要故意迟到，让他等你。记住，迟到永远是一个坏习
惯，更加不要把男人为你花钱当成天经地义。

遇到一个你真心喜欢的好男人要敢于抓住，这个时代，
女生先表白不丢人，最起码日后不会后悔。（佚名）

爱情中绝不需要暧昧

女儿，不要太快、太草率地开始一段感情，

也许时代很浮躁，也许形单影只会很寂寞，但这不是盲目恋爱的理由。

要知道，结束一段错误的恋情，比寂寞的代价大得多。

孩子，二十岁的你已经成年，我相信，你已经有足够的能力，去开始谈一场认真、负责的恋爱。但是有些话，我希望你明白。

爱情中，最关键的一点是不要容许暧昧。暧昧就是友情之上、爱情之下，说白了，就是不够爱。可不够爱的人，要来做什么？

所以，诚意是求爱乃至求婚中最重要的因素，在接受之前，你要衡量清楚，他是否深爱你？他是否认定你是他最想娶的人？他是否愿意将自己的下半生和你分享，有强烈的意愿让你幸福？

　　主动热烈追求你的男人不见得个个都出自真爱，但真正爱你的人一定会主动追求，愿意花时间、金钱和精力在你身上。男人并不笨，真喜欢你的时候，无论是眼神、言语还是行为，一定会流露出来，如果没有，他要么自卑，要么自闭。

　　有的男孩很内向，不敢表白、不敢追求，如果你不主动，怕是这辈子就要错过了。但是，失去你的痛苦和被拒绝的恐惧相比，哪个多一些呢？他不敢追，就表示他没那么喜欢你，既然不够喜欢你，也就说明你们未必适合。

　　所以，如果你喜欢的人不找你，也不要急着主动找他。这是个地球都成村的年代，想找一个人实在太容易了，他不找，就代表他不想，不要傻乎乎地苦等。去找闺密、去逛街、看电影、喝咖啡、做瑜伽、去旅行，不必费尽心思地去猜他的心事。

　　虽说金钱是衡量一个人爱不爱你的标准之一，一定要尊重对方的付出，不要当对方是为你做任何事都是理所当然。你可以接受在对方支付能力之内的慷慨，但不要仅仅因为金钱而选择一个人。

爱情很感性，但也要保存几分理性，他爱你哪里？你又欣赏他哪里？感觉是很重要的，可感觉也是最容易变的。想天长地久，总需要一些更深入的契合。

所以，你一定要听听他的职业规划和人生规划，和你的有共性吗？也让他听听你的，他会支持吗？这一点，对于一段感情到最后能否有一个好的结果至关重要。

但是，远离夸夸其谈怀有远大理想的男人，理想是做出来的，一步步打拼出来的。远离爱抱怨、爱挑剔、总觉得怀才不遇的男人，通常，不遇是真的，怀才就未必了。

切记，不要太快、太草率地开始一段感情，也许时代很浮躁，也许形单影只会很寂寞，但这不是盲目恋爱的理由。要知道，结束一段错误的恋情，比寂寞的代价大得多。别把自己的一生草草就交给一个没有认真考量过的男人。尽管有些人将错就错，还似乎过得不错，但那都是极特殊的例子。

一个男人即便你再怎么喜欢，也不要整天只想着如何对他照顾得无微不至，你是他的女友，他要的是一个可以让他感到幸福、有奋斗动力的女人，而不是保姆。

女人的价值不由年龄来决定。二十岁的时候可以青春活力、三十岁的时候可以成熟稳重、四十岁的时候可以精致优雅，各个年龄段都可以有不同的美，永远不要让自己成为黄脸婆。说穿了，那只能说明你不够爱自己，也没有能力爱别人。（佚名）

别让爱情的燃点太低

孩子，爱情，是生命里的一抹春光，

永远不要对生命失望，不要对爱情失望，不要对幸福失望。

　　孩子，人的一生，短暂又漫长，你怎样确定你在最初的路口遇到的这个，就是可以和你一辈子风雨同路、不离不弃的那一个？你怎样预测你期待牵手一辈子的这个，不会在人生的某个路口遗失了你？再或者说，你又是否敢保证你甘心只与眼前这个人，过一辈子一成不变的生活？

　　爱情里没有绝对的对错。先放手的那个可能确实有点残忍，但也许这只是老天给你遇到下一个更适合你的人的机会。一路行走，在每一个路口都可能遇到下一个同路人。所以，不必一直执着于已经转弯的背影，你要向前看，才能给下一个迎面而来的他最美的笑容。

纷繁喧闹的尘世里，已经很难允许一生一世一段情这样的爱情。所以，不要奢求一生只爱一人。也许，那个年轻时候你以为至死不渝的人，很多年后，你甚至淡忘了他的眉眼，而那段情，也只是生命里某一站的故事。

要幸福，还是要爱情？

也许你会觉得并不矛盾，但其实不是。幸福是一驾小马车，你必须适应它安定的节奏，然后规律地给你的小马一日三餐，不能急躁于它的慢和乏味。平淡，永远是幸福的代价。幸福就是一颗脆弱的心脏，经不起大起大落，所以，其实"养"幸福，很难。

而爱情不同。爱情更多的是要轰轰烈烈。爱情里，伤痕在所难免，怕疼，就别要爱情。

别让爱情燃点太低。

其实，爱情是件很伤人的事。日久生情，如果刚刚见面，或者刚刚开始一段感情，一发现不合适，就果断点放弃，也许伤人不至于太深。可是若深入交往，在双方都投入感情后，却发现找到了鸡肋爱情，食之无味，弃之不舍，倒真是恼人的事。不要轻易对一个人动心，但若真爱，就要认真。

爱的时候要果断，不爱也要果断，爱情里最伤人的其实是犹豫。

所以当有人问你，到底爱是不爱的时候，凭心回答就好，就问自己，爱，还是不爱。有些时候，也许这样的机会这辈子就这一次，与其守着留白清醒，不如浓墨重彩，哪怕这色彩只是伤痕的瘀青。

如果真的不爱，那么，千万不要勉强自己。说不爱的时候更要干脆，拖着，并不是真正为对方着想。不能给爱情，那就绝情点。

爱情，是生命里的一抹春光。有乍暖还寒的起伏，有无限春光的旖旎，有万紫千红的绚烂，好好感受就好。永远不要对生命失望，不要对爱情失望，不要对幸福失望。（佚名）

婚姻，细水长流才是真理

孩子，别去幻想在婚姻中去寻找那浪漫到极致的美好，

那是只存在于电视剧中的情节，并不现实。

婚姻，温柔平淡、细水长流才是真理。

　　孩子，和他生气、拌嘴、吵架的时候，不要老想着面子问题。两个人过日子，他向你迈进一步，你就试着向他走两步。

　　女人要有一份自己的工作，不管钱赚得多或是少，工作就是自己社会价值的体现。

　　你一直在家，男人即使嘴上不说，潜意识也会说"是我在养你"。即便并非如此，他的某个无意中的眼神，也可能会让你不由自主地解读出这样的含义，可想而知，误会和争吵

也就在所难免。

六管一个男人多有钱，他还是希望可以看到干干净净的你，在干干净净的家等他。所以，你在外面的工作再忙，家里的事情，应该是你来承担的，也一定要安排好。

如果他为你做了什么意想不到的惊喜的事情，你可以感动，可以夸奖，千万不要嘲讽地说"太阳从西边出来了啊"，如果这样，以后渐渐地他就不会再有这种热情了。

不要让对方猜哑谜，你的想法不说出来谁会了解？需要什么，讨厌什么，喜欢什么，你告诉别人，别人才会懂。

家是女人的大本营，发生什么事情都不要走。因为，回来的路也许会很难。

别去幻想在婚姻中去寻找那浪漫到极致的美好，那是只存在于电视剧中的情节，并不现实。婚姻，温柔平淡、细水长流才是真理。

生命无常，在一起生活的每一天，都要好好珍惜。（佚名）

等着别人来爱你，不如自己努力爱自己

孩子，要记住，不要轻易去依赖一个人，那会成为你的习惯，
当分别来临，你失去的不是某个人，而是你精神的支柱。
所以，无论何时何地，都要学会独立，它会让你走得更坦然些。

在花一样的年纪，就要去过花一般绽放的日子，年轻就
是要充满激情，而不是迷茫前行。趁着阳光正好，珍惜每一
寸相处的光阴。但要记住，不要轻易去依赖一个人，那会成
为你的习惯，当分别来临，你失去的不是某个人，而是你精
神的支柱。

有人常说："你的人生掌握在你手中，永远都要记住，
要脚踏实地，感谢别人给你的一切，不要把任何事情当成理
所当然。人生有好就有坏，但你只要做自己就好，不要被任
何事影响，也不要轻易让自己改变。"

　　所以，无论何时何地，都要学会独立，它会让你走得更坦然些，而你与其等着别人来爱，不如自己努力爱自己，并成为一个值得所有人去爱的人。

　　在你的心中，应该不时更新计划行走的路线、愿望，以时间和心念灌溉。在这条路上，如果走得太久，你会迟疑犹豫甚至害怕。对于前面的路途，你不知道有什么秘密，你越想知道，你越不安。但如果你回头看看，你还是会为自己喝彩，你得到了多少都不重要，关键是这一路走来多么的不容易。

　　有时候，一个人在朝着完美奋斗，但必须在相反的那一面受足了苦，才能使自己变得完整。所以，无论到什么时候，都不要失去希望，你永远不会知道明天会有怎样的惊喜。

　　所以，幸福是为那些苦苦追寻和努力尝试的人而准备的，因为只有这些人，才懂得珍惜出现在自己生活中的那些人。

　　很多人把心动、迷恋或倾慕误认为爱情，但是，心动跟真正的爱情根本无法相比。心动的光芒最多只是颗钻石的光芒，让你惊叹它的华丽，恨不得立刻拥有；但真爱的光芒就像阳光，久了也许会让人觉得稀松平常，但这种光芒能温暖你、照耀你，一旦失去，你就会觉得整个世界都黑暗了。

没有什么比时间更具有说服力，因为时间无须通知我们，就可以改变一切。或许，只有在失去以后，你才明白曾经拥有过什么，但也只有在得到以后，我们才知道自己一直缺少什么。

也许，最终你会发现，唯有安宁，才能认真地生活，唯有认真生活的人，才会有人爱，有神爱。（佚名）

好的恋人要相互装傻

儿子，不要嫌弃身边的女人不够漂亮，你有没有想过，
有很多人都在羡慕她对你的这份死心塌地，不弃不离。

在爱情里，如果两个人都不愿意变傻，都精明，什么事
都弄个究竟，搞个明白，那就准备分手吧。好夫妻、好恋人，
永远都在相互装傻。记得，家是讲爱的地方，不是讲理的地
方，讲理的地方那是法庭。

这一生你会得到很多，失去很多，而天天陪你，经受这
一切的意气风发和心灰意懒，直到最后的人，并不是你的父
母、孩子，而是身边爱人。所以，天大地大，都不如身边的
爱人大。

　　两个人在一起难免会吵嘴，尤其人在气头上说出的话，往往句句似刀。所以，无论如何你要记得别说狠话。通常，女人对两件事情的记忆会尤其深刻，一个是你许下的承诺；而另一个就是你说过的狠话。

　　当一个女人把什么都给你了，你就该知足，她当初选择了两手空空的你，就已经下定了要和你同甘共苦的决心，做好了和你一起奋斗打拼的准备。无论如何，你也要记得，不要嫌弃身边的女人不够漂亮，你有没有想过，有很多人都在羡慕她对你的这份死心塌地，不弃不离。

　　平凡人的日子，不是累了就得分手，也不是没了激情就要分开。那只能说明，你对对方并不在乎，或者爱得不够，真正的爱没有那么多的借口。当你想要放手的时候，想一想，当初为什么陪彼此走到这里？

　　男人懂感恩，女人懂相守，才是一辈子。（佚名）

爱是一种责任

孩子，不要因爱人的沉默和不解风情而郁闷，

因为时间会告诉你，越是平凡的陪伴，就越长久。

　　孩子，没有哪种爱情，需要你放弃尊严、作践自己，要你去受罪吃苦。爱情或许会让你不知所措，会让你嫉妒生气，会让你伤心流泪，但它最终是温暖的，能给你愉悦，能给你安全感。如果不是这样，那要么是你爱错了人，要么是你用错了方法。

　　你可以得到爱情，可以得到婚姻，可以得到优质生活，但如果得不到安全感，那这一切又有什么用呢？生活在富足的恐惧中，还不如生活在安定的贫乏里。你以为自己要的是一个爱人，但到最后才会知道，真正想要的，无非是安心。

所以，幸福不单单是努力去爱，而是安心地生活。爱对方，
就不要给对方乱想的机会。

　　在爱情没开始以前，你怎么也想象不出会那样的爱一个
人；在爱情没有结束以前，你永远也想不到那样的爱竟然也
会消失；在爱情被忘却以前，你压根就想不到，那样刻骨铭
心的爱只会留下淡淡的痕迹；在爱情重新开始以前，你难以
想象，还能再一次找到那样的爱情。
　　即是说一千遍我爱你，但只要一句分手，就可以结束，
这就是爱情。而两个人会吵架，往往不是因为没感情，而是
用情太深。

　　真正爱你的人，可以把你气哭，但也会哄你笑；跟你抢，
但终究会把好东西留给你；总很大方地让你独自出门，但之
后会电话连连；有时候很懒，但有时候勤快得让你无事可做；
说着不在意，但老是第一个想到你；不常说我爱你，但比谁
都清楚你无可替代。
　　总有人说，只要有爱就有一切。没错，爱情让你们克服

困难，只需拥有对方就够了。可能持续多久呢？其实相爱不该是冲动，而应该是责任。你爱一个人，就必须有养家的能力，要有照顾对方的勇气。如果扛不起这样的责任，那就不要随便去爱人。有时候爱得草率，会两败俱伤。

　　爱情有时候就像鞋子，明明买的是自己最喜欢的那双，可是走在爱情路上，还是忍不住去看别人脚上的鞋子，以为唯它可以跳出一首曼妙的爱情舞曲。可当真的穿上那双鞋时，却发现爱情的舞姿一点儿也不优美。

　　其实人这一辈子，最重要的事，就是选对身边的人。

　　一辈子的爱，不是一场轰轰烈烈的爱情，也不是什么承诺和誓言。而是当所有人都质疑你的时候，只有他在默默陪伴着你。不要因爱人的沉默和不解风情而郁闷，因为时间会告诉你，越是平凡的陪伴，就越长久。（佚名）

你是谁，便遇见谁

孩子，不要去想什么时候能遇见那个好男人。
在你自己的心态和状态最好的时候，
遇见的那个，便是了。

　　女人的一辈子，想要遇见一个好男人，这并不取决于时机，而是取决于女人本身。一个人，最后会找到什么样的爱人，和她"找"爱人的方式有关系。

　　如果你在酒吧认识一个左右逢源的男人，就不要怪他只想和你逢场作戏；如果你存在钓一个金龟婿的心态，就莫要怪他比你还现实。

　　如果他一见面就对你万般殷勤，他可能对每个如你一般的女人都是如此。如果他说要为了你抛妻弃子，那么，将来难保不在你的身上闹剧重演。

如果你对自己太没信心，那么，任何人也不会给得了你真正的安全感，一个不欣赏自己的人，是最难快乐的。如果你想要你从未拥有过的东西，那么，你就必须去做你从未做过的事。人就是在历练中慢慢成熟的。经历得多了，心就坚强了，路也就踏实了。

世界上只有想不通的人，没有走不通的路。你现在的付出，都会是一种沉淀，它们会默默铺路，只为让你成为更好的人。

在你最美好的年华里，不要辜负最美好的自己。

所以，不要去想什么时候能遇见那个好男人。在你的心态和状态最好的时候，遇见的那个，便是了。（佚名）

图书在版编目(CIP)数据

这一世，若不珍惜，谁能许你未来 / 杨杨主编.
— 北京：现代出版社，2016.4
ISBN 978-7-5143-4387-8

Ⅰ.①这…　Ⅱ.①杨…　Ⅲ.①散文集-中国-当代
Ⅳ.①I267

中国版本图书馆 CIP 数据核字（2016）第 039301 号

这一世，若不珍惜，谁能许你未来

编　　者	杨　杨
责任编辑	赵海燕
出版发行	现代出版社
通讯地址	北京市安定门外安华里 504 号
邮政编码	100011
电　　话	010-64267325　64245264（传真）
网　　址	www.1980xd.com
电子邮箱	xiandai@vip.sina.com
印　　刷	长春吉广控股有限公司
开　　本	787×1092　1/32
印　　张	8.5
版　　次	2016 年 4 月第 1 版　2016 年 4 月第 1 次印刷
书　　号	ISBN　978-7-5143-4387-8
定　　价	35.00 元

版权所有，翻印必究；未经许可，不得转载

版权声明

　　我社编辑出版的《这一世，若不珍惜，谁能许你未来》，由于无法与部分权利人取得联系，为了尊重作者权益，我方委托北京版权代理有限责任公司向权利人转付稿酬。本书的作者请与北京版权代理有限责任公司联系并领取稿酬。

联系方式如下：

北京版权代理有限责任公司

北京市海淀区知春路 23 号量子银座 1403 房间

邮编：100083　　　　　　QQ：603454598

电话：133 1133 9559　　　　邮箱：603454598@qq.com

现代出版社有限公司